「――くっ！」

最小限の動きで攻撃を防がれた少女は、一度キャロから距離をとった。

額には一本小さめの角が生えていた。

「……竜人族？」

《第一話 次への道しるべ》

魔眼と弾丸を使って異世界をぶち抜く！12

「はぁぁあっ！」
キャロの身体は深紅のオーラに包み込まれる。

『うおおおお！』
バルキアスの身体にもフェンリルの力が漲っていく。
離れている場所から彼のことを見れば、
巨大なフェンリルがいるようにすら見える。
《第九話 後継者》

「えっと、確か聖王暦は既に使われていなくて、
今から計算すると……多分千年以上前だと思いますっ」
（これが千年以上も前に……）
《第五話 遺跡探索》

魔眼と弾丸を使って異世界をぶち抜く！

12

かたなかじ
イラスト：赤井てら
Author:Katanakaji
Illustration:Akai tera

口絵・本文イラスト　赤井てら

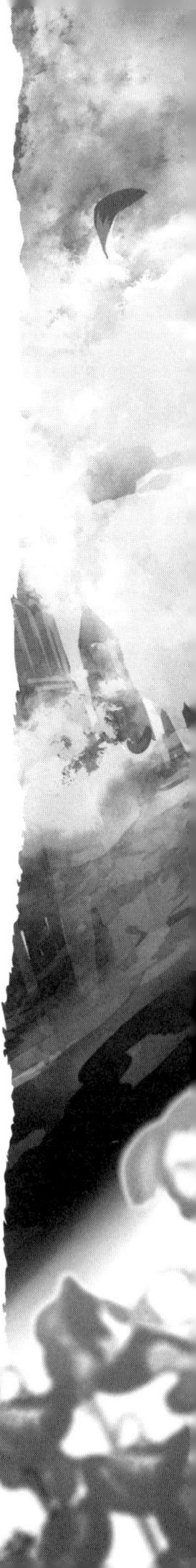

前巻のあらすじ

水の都ウンデルガルをあとにしたアタルたち一行は、キャロの両親の足取りを追いかけて北へと向かった。

道中で行方《ゆくえ》不明者が出ているという場所にたどり着く。

そこから特別な力に巻き込《こ》まれて、彼《かれ》らは『妖精《ようせい》の国』へと飛ばされた。

右も左もわからない場所で出会った妖精ベルがアタルたちを案内してくれる。

そんな彼の正体は光の妖精王だった。

この国にキャロのようなウサギの獣人《じゅうじん》が来ていないか、ベルに確認《かくにん》することになった。

すると、この国に来ており、光の妖精たちに助力してくれているとのこと。

居場所を調べる代わりに、アタルたちに頼《たの》みたいことがあると申し出た。

現在、この妖精の国ではいくつかの争いが起こっているようだった。

中央に位置する光の妖精、西に位置する荒野《こうや》の妖精、東に位置する肥沃《ひよく》な大地の妖精、そして北から他の領地へと侵攻《しんこう》している闇《やみ》の妖精。

この闇の妖精王と争っているところで、西の荒野の妖精王が不穏《ふおん》な動きをしているとの情報が入って来ていた。

そちらの動向を探《さぐ》ってほしいというのが、アタルたちへの依頼《いらい》だった。

キャロの両親のことがあるのはもちろん、こちらに来てから世話になっているベルへの恩返しの意味も込めて、彼らはこの依頼を快諾《かいだく》する。

基本的には偵察《ていさつ》・潜入《せんにゅう》調査のはずだったが、アタルは相手の斥候《せっこう》を無効化すると、そのまま荒野の妖精王との戦いへと移っていった。

アタルの実力を認めた荒野の妖精王は、これ以上光の領地に侵攻しないことを約束し、アタルたちに同行していた光の妖精であるカティが代理となって和平を結んだ。

城に戻《もど》ると、ベルがキャロの両親の調査を終えていた。

二人は、闇の妖精王と戦いの前線におり、光の妖精たちをかばいながら籠城《ろうじょう》しているとのことだった。

闇の領地はとても濃《こ》い魔素《まそ》が空気中に含《ふく》まれ、光の妖精たちは動きを制限されてしまう中で闇の勢力に取り囲まれているという厳しい状況《じょうきょう》下にいると知った。

そこでアタルたちだけで、そちらに足を踏《ふ》み入れて二人の救出に向かった。

彼らは四神の力を持っているため、ちょっとやそっとの魔素で影響《えいきょう》を受けることはない。

無事二人を含む光の妖精たちを救出し、キャロと初めて出会った時からの目的であった、彼女《かのじょ》の両親との再会を果たす。

久々に両親と再会したのもつかの間、今度は謎《なぞ》に包まれた闇の妖精王と戦うことになる。

闇の妖精王は、元々水の妖精王であったが、この地に封印《ふういん》されていた闇の宝石竜《りゅう》カオスドラゴンの闇の魔力を受けたことで操《あやつ》られていた。

他の水の妖精たちも闇の魔力によって操られ、闇の妖精へと変化してしまっていた。

数々の攻撃《こうげき》を組み合わせて、なんとか闇の妖精王を正気に戻すことのできたアタルたちだったが、戦いの中で破壊《はかい》した魔石と思われたものは、カオスドラゴンを封印していた外殻《がいかく》であった。

そして、ついにカオスドラゴンがこの世界に顕現《けんげん》した。

闇の力の込められた宝石ブラックダイアモンドが額に埋《う》め込まれたのがこの竜である。

封印から解除されたばかりなのに、その力はこれまでに戦った宝石竜の力を凌駕《りょうが》しており、アタルたちは苦戦を強いられた。

しかし、ベルたち妖精の協力、キャロの両親の助力もあって戦況は徐々《じょじょ》に好転していく。

アタルとイフリアは現在の二人が持ちうる力を合わせて、最高の攻撃を放っていく。

しかし、それでもカオスドラゴンを倒《たお》しきることは難しかった。

それ以上の攻撃を、とキャロとバルキアスを合わせた四神の力で対抗《たいこう》することにした。

だが、初めての試みであるため、力を発動させるのに時間がかかってしまう。

そこをみすみす逃《のが》すカオスドラゴンではなく、準備中のアタルたちに向かってブレスが放たれてしまう。

動くことのできないアタルたち。

このまま直撃《ちょくげき》してしまうかもしれない。

そんな時に、四人の妖精王が協力して攻撃を防いでくれた。

それでも長くは持たせられない。

なんとかアタルは攻撃の準備が間に合って、最高の一撃が撃《う》ち出されることとなった。

カオスドラゴンは致命傷《ちめいしょう》を免《まぬが》れたものの、右眼《みぎめ》を撃ち抜《ぬ》かれてしまう。

そして、カオスドラゴンはそのままどこかへと逃《に》げ去って行った。

平和を取り戻した妖精の国で、キャロの両親との再会という念願をかなえたアタルたちは次の旅の目的地を決めようとしていた。

第一話　次への道しるべ

アタルたちの出発が明日に迫《せま》っているという晩、今後の行き先について話し合うため、光の妖精王の城の一室に主要メンバーが集まっていた。

参加しているのは、アタル、キャロ、バルキアス、イフリア、キャロの両親、光の妖精王ベルの七人である。

バルキアスとイフリアは旅における選択《せんたく》はアタルたちに任せているため、部屋の端《はし》で丸まっていて、実質五人での話し合いになっている。

「さて、俺《おれ》たちがこれから向かう先について……の前に、そもそもなぜ妖精の国に来たのか？　それはキャロを二人に会わせることだった。だからその目標はかなったことになる」

キャロと旅を始めた頃《ころ》からの大きな目標を達成したことで、アタルたちは今後の行動について考えていた。

「そうだったんだな。私たちに会う以外に目的はなかったのかい？」

キャロの父、ジークムートは穏《おだ》やかな表情でアタルたちを見る。

「あー、なくはない……元々それを目的にしていたわけじゃなく、戦っていくなかで出てきたものとしては、宝石竜と戦うことだ。魔核《まかく》が全て集まると、上位の宝石竜が復活するらしいから、是非《ぜひ》ともそれだけは阻止《そし》していきたい」

今回はイレギュラーな存在として、隠《かく》れた宝石竜であるカオスドラゴンと戦うことになったが、それ以外にもまだ四体くらいはいるはずだった。

「なるほど……しかし、宝石竜という名前はつい最近知ったから、さすがに情報は持ち合わせていないな……」

少しでも力になれればと思ったジークムートだったが、申し訳なさそうな表情になる。

しかし、隣《となり》に座《すわ》っていたハンナは何かに思い当たったらしく、顔をあげる。

「アタルさん、その宝石竜に関係する何かはお持ちではありませんか？　鱗《うろこ》とか、牙《きば》とか、そういった素材でいいんですけど……」

それがあればなんとかできるかもしれない——真剣《しんけん》な彼女の表情はそう語っていた。

「それだったら……これなんかどうだ？」

カバンから取り出された瞬間《しゅんかん》、ジークムート、ハンナ、ベルに緊張《きんちょう》が走った。

アタルが何気なく出したのは、アクアマリンドラゴンの魔核だった。

それは強力な魔力を内包しており、ただそこにあるだけで強い存在感を放っている。

「俺たちが倒したアクアマリンドラゴンの魔核なんだが、これならどうだ？」

アタルはうかがうような視線をハンナに向ける。

「も、もちろんです！　強い力を感じますので、これならばきっと……」

魔核が持つ力の強さに圧倒《あっとう》されながらも、ハンナは神妙《しんみょう》な面持《おもも》ちでテーブルに置かれたアクアマリンドラゴンの魔核へと手を乗せていく。

「夫の使う獣力は戦闘《せんとう》に特化したものです。身体能力を向上させて、手にする武器にも力を流《なが》し込んで使うことができます」

これを聞いてジークムートは頷《うなず》く。

キャロも同じ力を継承《けいしょう》しているため、同意するように頷いている。

「それに対して私の魔力は感知能力に特化しているのです。こうやって、近い力を持つものに直接触《ふ》れることができればなにか情報が得られるかもしれません……」

そう言って魔核の力を探り始めたハンナの身体を魔力が覆《おお》い始める。

戦闘特化型の獣力は強さや鋭《するど》さを感じるが、ハンナの魔力からは温かさが感じられた。

「――空が、見えます。すごく高い……一面の青空よりうんと高い場所に、大きな島が、見えます……っ！　はあっ、はぁ……」

見えるものをなんとか口にしたが、ハンナは強い疲労感《ひろうかん》に襲《おそ》われ、額には玉のような汗《あせ》が浮《う》かび上がっている。

「お母さん、これを使って下さいっ」

キャロがすかさずハンカチを取り出して汗を拭《ふ》く。

「あ、ありがとう……ふう、少し疲《つか》れたわ……」

自分を落ち着かせるように大きく息を吐《は》いて、ハンナは椅子《いす》に座り込んだ。

「高い場所、島……」

アタルは呟《つぶや》きながらゲームや漫画《まんが》で見た、空に浮かぶ島のことを思《おも》い浮かべる。

「それなら聞いたことがある。天空を移動する巨大《きょだい》な島の伝承だ。確か、城にある書物にのっていた……だが、詳《くわ》しいことはさすがに……」

ここでも申し訳なさそうな表情になってしまうジークムート。

なんとか娘《むすめ》やアタルの力になりたいという思いが強いが、力になれないもどかしさに歯《は》噛《が》みしている。

「場所とかはいいとして、その天空を移動する島がどんなところか見えたか？」

空の島には闇の魔物《まもの》がいるという話を覚えていたため、アタルからこの質問が出てくる。

「わ、私に見えた映像は断片的《だんぺんてき》でしたが、大きな一つの島があって、水が流れ、木々の生い茂《しげ》る島だったかと……どちらかといえばのどかな雰囲気《ふんいき》を感じました」

ハンナはなんとか映像を思い出してそれを伝えてくれる。

「お、そうなのか。天空に浮かぶ島か……」

アタルの目には、冒険《ぼうけん》が待ち構えているワクワクする場所がイメージされていた。

「よし、それじゃそこに行こう。俺たちの次の目的地は天空の島だ」

「はいっ！」

キャロもアタルと同じように空高く浮かんでいる島を思い浮かべて、きらきらと目を輝《かがや》かせながら気持ちを高めていた。

「ちょ、ちょっと待って下さい。どうやってそこに行くんですか？　正確な場所だってわからないんですよ？」

盛り上がっている二人に対して、困惑顔《こんわくがお》のベルが問いかけた。

行きたいと言って簡単に行ける場所ではない。

まずは先に解決しなければならない問題がいくつもあることを彼は指摘《してき》する。

「どうやってって……そりゃイフリアの背中に乗って？」

アタルたちには飛行手段があるため、イフリアに飛んでもらうのは真っ先に出てくるアイデアである。

「先ほども言いましたがどこを飛んでいるのかわからない島を探すには、世界は広大過ぎると思われます……」

　この世界は広く、さらに広大な空の中で、その島を探すのは至難の業である。

「確かに……なにかヒントでも……」

　アタルは先ほどのハンナの言葉の中に、そしてこれまでの旅の中になにかヒントがないかと、考えを巡《めぐ》らせていく。

　それはキャロ、ジークムート、ハンナ、ベルも同様だった。

「――それならいい考えがあります」

　ここにはいなかった、新しい人物の声が入り口から聞こえてくる。

「突然《とつぜん》話に割《わ》り込んでしまってごめんなさい。少し気になってしまったので、口をはさませてもらいました」

　一気に視線を集めてしまったことに申し訳なさそうな顔をしながら現れたのは、カオスドラゴンの闇の力から解放された元闇の妖精王で、水の妖精王リンディだった。

「どういうことだい？」

　不思議そうな顔で尋《たず》ねたのは光の妖精王のベル。

　同じ妖精王という立場にあって、天空の島への行き方についての知識が彼女にあることに、少々驚《おどろ》いているようだった。

「先ほどの話を聞く限り、目的地が天空にある島だということですよね。その情報と先ほどの魔核を貸してもらえれば、この国にある転移門からその場所への繋《つな》がりを探せるかもしれません。なにせ私の中にはカオスドラゴンの力がありましたから……」

リンディの治める水の精霊《せいれい》の地域は、他所《よそ》からの受け入れ地であるベルの統治する光の精霊の地域とは逆に、元居た場所へと返す転移門がある。

その管理をしている責任者としての立場と、同じ宝石竜という種の力が宿っていた彼女であれば、そこから近い感覚を探し出すことができるかもしれない。

「ただ、私の力だけでは繋がりの欠片《かけら》を感じることができる程度だと思われるので、そこに先ほどのアクアマリンドラゴンの魔核から場所を読み取った力で助力していただければ、より確実なものになるかと思われます」

いかがでしょうか？　とリンディは視線でハンナに伺《うかが》いをたてる。

「是非！　是非お願いします！」

ピンッと耳を立てたハンナは自分の力では足らない部分を補えると考えて、自分から懇《こん》願《がん》している。

「わかりました。私としてもみなさんに是非ご協力させていただければと思っていたのでお役に立てるのはとてもうれしいです」

リンディも自分が操られていたことで、あのような大きな騒《さわ》ぎになっていたことを気に病《や》んでいた。

そして、それから解放してくれたアタルたちに多大なる感謝の気持ちを抱《いだ》いている。

「それじゃ、明日は二人の力に期待ってことで、よろしく頼む」

こうして、ハンナとリンディは手をとりあってアタルたちを絶対に天空の島へと導こうと心に強く誓《ちか》っていた。

その後、二人はしばらく打ち合わせを続けていたが、残りのメンバーは解散となった。


翌日。


昨日の話し合いのとおり、アタルたちは転移門の前に集まっていた。

転移門は水の精霊王の領域にあるためか、水晶《すいしょう》でできた建物で、広々とした空間が広がり、いたるところに美しい水が流れている場所だ。

地面には魔法陣《まほうじん》のようなものが描《か》かれているが、妖精《ようせい》魔法に対応したもののようだ。

「それではアタルさんたちは馬車に乗って転移門の目の前で待機して下さい。反応したら、すぐに飛びこめるように……」

「了解《りょうかい》だ」

アタルたち一行は全員が馬車に乗り込んでおり、いつでも出発できる状態にしている。

「それではまずはこの転移門が繋がる先に件《くだん》の島があるかどうかの調査からです。ハンナさん、よろしくお願いします」

「はい！」

気合の入った表情のリンディが転移門に手をあてて宝石竜の気配を探る。

イメージする先は天空の島。

昨日の打ち合わせでハンナからどう見えたのか、具体的なイメージを共有していた。

そんな彼女の肩《かた》にそっと手を置いて目を閉じたハンナは、魔力を発動させる。

昨日見た景色を思い浮かべながら、自らが持つ感知能力で、リンディの感覚を増幅《ぞうふく》させていく。

二人の力が交ざり合い、転移門から件の宝石竜のいる場所への道を探っていく。

時間にして、二、三分経過したところで、力強く転移門に描かれた魔法陣が淡《あわ》く光を放ち、二人が門から離《はな》れた。

「この転移門からその島へと転移することが可能になりました」

一仕事終えてホッとした様子のリンディの言葉に、隣にいるハンナも笑顔《えがお》で頷いてみせる。

「どうやったのか聞いてもいいか？」

簡単にいくとは思えず、なにが必要なのかをアタルは確認する。

「ここの魔法陣は、この世界にある目的地へ導く門の役割を果たしています。私の転移門を操作する力とハンナさんの察知能力で見た場所をもとにして、転移門を天空の島へと繋げました。そしてその間を移動させるには、距離《きょり》に合わせて魔力を消費するのですが、今回はとても遠いので、アクアマリンドラゴンの魔核を使うことになります」

静かにほほ笑《え》んだリンディが言うと、安心させるように笑ったハンナは手で円を形作ってみせている。

「なるほど、これだな」

納得《なっとく》したように頷いたアタルはアクアマリンドラゴンの魔核を取り出した。

「それじゃ、任せるよ」

ここで渡《わた》してしまうことで、一旦《いったん》は自分の手を離れることになるが、アタルはリンディとハンナのことを信頼《しんらい》しているため投げて渡した。

「っ……！　こ、こんなに貴重なものを投げないで下さい！」

アタルの突然の行動に、リンディは慌《あわ》てた様子でなんとか落とさずに魔核を受け取る。

「ははっ、悪いな。そいつをうまく使って俺たちを導いてくれると助かる」

アタルはその反応を見て笑いながらも、彼女らに期待していた。

「任せて下さい！」

「頑張《がんば》ります！」

その気持ちは伝わっているらしく、二人はアタルの言葉に対して力強い返事をする。

希少価値の高いものを簡単に任せてくれることで、二人もやる気が増していた。

「あ、ちなみに使い終わったらその魔核はしっかり返してくれ。そのほうがあんたたちのためでもあるからな」

アタルは言いながら険しい表情になる。

オニキスドラゴンの魔核を手に入れた際、獣人の国に預けたせいで城に被害《ひがい》が出た。

あれに関しては完全に自分の判断ミスだとアタルは思っていた。

「では、転移門が起動したら、私がすぐに魔核を渡そう」

ジークムートが中継《ちゅうけい》に入ることで、起動後すぐに渡せるようにする。

「あぁ、それで頼む。ソレを狙《ねら》っているやつがいるから、ここにあるとわかれば、襲撃《しゅうげき》してくるかもしれない」

「あぁ、わかった」

真剣な様子のアタルに対して、ジークムートは改めて頷いた。

「では、開始します」

「お願いします」

リンディとハンナはそれぞれの右手を転移門に当てる。

そして、左手はジークムートが持っている魔核にのせていた。

「「いきます！」」

二人の声が揃《そろ》う。

それぞれの能力が最大限に発揮され、身体と転移門が光を放っていく。

「アタルさん、馬車をいつでも出発できるようにして下さい！」

「わかった！」

転移門の発動を感じとったベルの指示に従って、アタルは手綱《たづな》を手に取って、フィンに合図を指せるようにする。

キャロ、バルキアス、イフリアは、馬車内で出発に備えている。

「〝門よ、我《わ》が友《とも》を天空の島へと導け〟」

「お願いします、空に繋がって下さい！」

二人の言葉、力、魔核――それら全てが合わさり、門が応えるように強く光《ひか》り輝く。

「みなさん、今です！　転移門が発動しました！」

「みんな、ありがとう。これで次に向かえる！」

「お父さん、お母さん！　二人に会えて嬉《うれ》しかったです、絶対にまた会いましょうっ！」

ふっと笑ったアタルがみんなに礼を言い、うっすらと涙《なみだ》を浮かべながらキャロは両親へ再会を約束する言葉をかける。

「キャロ、がんばりなさい！」

「キャロ、お前ならできる！　それと、これを持って行ってくれ！」

転移門は完全に起動しているため、魔核は役割を既《すで》に果たしている。

それがわかっているため、ジークムートは素早《すばや》く魔核をキャロに渡す。

既に馬車は動き出しており、アタルは操縦に集中していたからだ。

「それじゃ、お父さん、お母さん、またねっ！」

小さく手を振《ふ》るキャロのその言葉を最後にアタルたちは転移していった……。


しばらくの間、ベルをはじめとする見送り組は、徐々に光を失いつつある転移門をじっと見ていた。

先ほどまで門は強い反応を見せていたが、今となってはただ静かにたたずんでいる。

「行っちゃいましたね……」

ハンナはいろんな思いでいっぱいになった胸元《むなもと》を押《お》さえながら、立派に成長した愛娘《まなむすめ》のことを想《おも》っていた。

「あぁ、行ったな……」

そんなハンナの肩を抱きながらジークムートは呟く。

二人とも旅立っていったキャロたちのことを思い出しながら、ただ茫然《ぼうぜん》と門を見ていた。

「なんだか、みなさんが来てからすごくたくさん、色々なことがあった気がしますね」

突然現れて、この妖精の国で彼らが成していったことを思い出しながら、ベルは感慨《かんがい》に浸《ひた》っている。

「私はあの方たちに感謝しています。どうか彼らの旅に幸あらんことを……」

リンディはアタルたちへの感謝の気持ちを祈《いの》りにのせて、彼らの旅の無事を願っていた。

一方で、転移していったアタルたちは無事に天空の島の端っこにある祠《ほこら》へとたどり着いていた。

「ここが天空にある島か。空が近いな」

「す、すごいですねっ！」

『すごいすごい！』

『このような場所に繋がっているとは……』

転移門が繋げた祠の位置は島の端の小高い場所であり、眼下には森や大きな川が広がっているのが見えていた。

ぐるりと見渡《みわた》す限り、天空の島の周りに少し孤島《ことう》がある程度で、他は空がずっと続いているようだった。

吹《ふ》き抜ける風を心地《ここち》よく思いながら、四人はそれぞれの反応を見せるが、みんな感動している様子だった。

「ヒヒーン」

ここまで一緒《いっしょ》にやってきたフィンも同じようにこの光景に感動していた。

この天空の島にある祠は妖精の国にあるものよりもかなり年季が入っているようだ。

妖精の国にあったものは妖精たちによって周囲の掃除《そうじ》がされており、比較的《ひかくてき》綺麗《きれい》だった。

だがここはツタが門に絡《から》みつき、埃《ほこり》もたまっていて、長いこと使われていないように見えた。

「にしても、あんなとこを出たと思ったらこれだけの風景が広がっているとはなあ」

風が気持ちよく、原生林のような静かで青々とした森が広がっていた。

アタルが魔眼で遠くを見ても、天空の島以外のものは見当たらない。

「な、なんだかすごいところに来てしまいましたっ！」

キャロは感激に震《ふる》えているのか、目を輝かせながら声を弾《はず》ませている。

妖精の国の幻想的《げんそうてき》な雰囲気とは異なり、突《つ》き抜けるような空の青さが壮大《そうだい》さを感じさせており、別の感動を抱いていた。

バルキアスもワクワクする気持ちを抑《おさ》えられないようで、周囲を駆《か》け回っている。

『我は周囲を確認するために少し飛んでくる』

イフリアも内心の興奮を抑えながら、上空から周辺情報を確認しようと飛び上がった。

空を移動する者として、空に島があるというのは知識として知っていた。

しかし、実際に遭遇《そうぐう》した経験はなく、今回が初めての到達《とうたつ》とあって、言葉とは裏腹に機《き》嫌《げん》よく尻尾《しっぽ》を振ってその感情を表していた。

徐々に遠ざかっていくイフリアの姿がだいぶ小さくなったところで、急にイフリアの動きがピタリと止まり、慌てて地上へと引き返してくる。

「どうしたんだ？」

落ち着きのない行動に首を傾《かし》げたアタルはイフリアへ問いかける。

キャロもなにがあったのかと、ハラハラしながらイフリアの様子をうかがっている。

『はあ、はあ、はあ……』

イフリアは短い距離を飛んだだけなのに、玉のような汗を額に浮かべている。

『――上に飛んで行ったら、島が消えた』

あまりに動揺《どうよう》しているのか、呆然《ぼうぜん》とした様子で話すイフリア。

それを聞いたアタルとキャロはどういうことだろうとそろって首を傾げてしまう。

アタルたちはイフリアのことを目で追っていたが、その姿はずっと消えることなくアタルたちの視界に映っていた。

「俺たちからはずっと確認できていたぞ」

イフリアからは島が見えなくなって、アタルたちからはイフリアが見えていた。

この事実はアタルたちに違和感《いわかん》を覚えさせる。

『………なるほど。冷静になってみるとわかるものがあるな。恐《おそ》らくこの島は一定の高さに結界のようなものが展開されていて、外からはこちらが見えないようになっているのだろう』

冷静になったイフリアは双方《そうほう》の反応と自分の体感から状況を分析《ぶんせき》する。

「結界……」

そう言われて、アタルは魔眼を発動させて上空に視線を向ける。

視力を強化し、更《さら》に魔力の揺《ゆ》らぎがないかを確認していた。

するると今まで澄《す》んだ青空が広がっているだけだと思っていた空に違和感を見つけた。

「……確かにイフリアが言うとおりみたいだな。島全体がなにかに覆われているようだ」

魔力とは違《ちが》うものであるため、それがなんなのかわからなかったが、障壁《しょうへき》のようなものが展開されているのだけはわかった。

『その障壁を抜けた瞬間、強い違和感を覚えて、すぐに振り返ったら島が見えなくなったのだ。まだ身体が障壁内に残っている間に急速旋回《せんかい》したから戻ってこられたが、完全に外に出ていたら空間のねじれによって戻れなくなっていたかもしれないな』

それが事実だとしたら、うかつに空を飛ぶことは危険を伴《ともな》うことになる。

「とりあえず、イフリアはあまり高いところは飛ばないようにしてくれ。急に障壁が低い場所があったら離《はな》れ離《ばな》れになるだろうからな」

『うむ、承知した……』

自分でも痛い目をみているため、しょんぼりと肩を落としたイフリアは返事をすると子竜状態になって、バルキアスの頭の上に乗る。

『ちなみにだが、ここはやはり天空を移動している島らしい。先ほどチラリと島の端が見えたが、その先は空で、雲を切って動いているように見えた』

これで、アタルたちが天空の島に来たことが確実なものとなった。

「それで、街みたいなのとかそういうのは見えたか？」

唯一《ゆいいつ》空を飛んだイフリアだからこそ見えたものがないかアタルが問いかける。

まずはこの島についての情報が欲しいため、人の集まる場所があれば、そこに向かいたかった。

『うーむ、周囲に視線を向けられたのが一瞬《いっしゅん》のことだったゆえ、そこまで確認できていない。すまぬ』

さすがに再度確認のために飛ぶつもりになれないため、イフリアは素直《すなお》に謝罪する。

「いや、大丈夫《だいじょうぶ》だ。とりあえず祠があるということは、少なくとも過去には人がいたはずだ」

この意見に誰《だれ》も反対はない。

今は使われなくなったとしても、自然に生み出されるような祠ではなく、確実に人によって建てられた形跡《けいせき》のある様子から、人がいたことを示していると判断した。

「だから、この祠の入り口がある方角に向かってみよう。そっちに集落なり村なり街なりがある可能性が高いからな。もし、絶滅《ぜつめつ》していたとしても痕跡《こんせき》くらいは見つかるだろ」

「私もそれがいいと思いますっ！」

現状では人の気配を感じることも、それらしい音が聞こえることもないが、キャロもアタルと同じ考えを持っていた。

「とりあえず、ここは未知の場所であり、全くといっていいほど情報がない。空に浮かぶ島であるということと、宝石竜に繋がる何かがあるということだけしかわかっていないなかで、進むことになるわけだが……慎重《しんちょう》に、周囲に気を配りながら進もう」

アタルたちはかなりの力を持っており、そんじょそこらの魔物に負けることはない。

しかし、ちょっとした油断が小さな怪我《けが》に繋がり、それが大きな病気に繋がる。

アタルの言葉を身をもって体感しているキャロは、真剣な表情で深く頷いていた。

「それじゃ、行くぞ」

馬車でゆっくりと進んで行く。

森が広がっており、木々に遮《さえぎ》られて先を確認することができないため、とにかく決めた方角へと真っすぐ進んで行くことにする。

「見慣れないタイプの植物が多いな。幹から直接葉っぱが生えている木は、あまり地上では見たことがない気がする」

「なんだか、すごく脈打っていますねっ」

二人とも見たことのない植物を見て、興味津々《きょうみしんしん》といった様子になっている。

「なんか、こういうところからも、地上とは違うってのがわかるな。妖精の国の水晶の木なんかにも同じ感想をもったけど、それとはまた一風異なる趣《おもむき》だ」

妖精の国の植生は、こちら側とは完全に異なる異世界のそれだった。

それに対して、こちらは地上にある植物が別の形に進化したように見える。

「面白《おもしろ》いですねっ！」

「あぁ」

二人はそんな、もしかしたらの可能性を目《ま》の当たりにしているため、嬉しくなっている。

魔物に遭遇することなく森を進んで行くアタルたち。

周囲に怪《あや》しい気配がないため、バルキアスとイフリアは馬車の荷台で眠《ねむ》りについている。

そんな穏やかな空気が流れている……そう思われていた、次の瞬間。

「キャロ！」

「はいっ！」

アタルの声かけに、キャロが武器を構えて馬車を飛び出す。

眠りから覚めたバルキアスとイフリアも同じタイミングで馬車から飛び出していた。

フィンも自分の判断で足を止めている。

「…………」

アタルたちの視線の先にいるのは、フードとマントで身体を隠している何者かだった。

「俺たちは別に怪しい者じゃない、ここには調べ物があってやってきただけだ」

キャロたちが臨戦態勢をとっているが、アタルはなるべく穏便《おんびん》にことを運ぼうと、敵意を出さないように気をつけながらフードの何者かに声をかけていく。

「――侵入者《しんにゅうしゃ》」

淡々《たんたん》とした声で返ってきたのはその一言。

この反応にアタルはホッとする。

(好意的ではないが、とりあえず言葉は通じるみたいだ)

言葉が通じるなら、情報を引き出すこともできるかもしれない、とアタルが考えた次の瞬間、フードの何者かがゆらりと動いた。

「侵入者、殺す!」

強い殺気の込《こ》められた鋭い言葉だが、その声音《こわね》から少女であることがわかる。

「女の子、か」

「……っ!」

アタルのこの一言を侮辱《ぶじょく》ととらえた少女は、アタルに狙いを定めると地面を蹴《け》って馬車へと向かって走り出す。

「させませんっ！」

　彼女の進行方向に武器を構えたキャロが立ちはだかった。

　少女は槍《やり》を手にしており、アタルを相手にするために立ちはだかるキャロすらなぎ倒す勢いで迫る。

「やあああああああ！」

　気合の入った、勢いのついた鋭い突きがキャロに襲いかかる。

「……せいっ！」

　真っすぐ向かってくる相手から目を離さずにいるキャロは無駄《むだ》な動きはせずに、槍の軌《き》道《どう》を見極《みきわ》めて見事にはじき返す。

「――くっ！」

　最小限の動きで攻撃を防がれた少女は、一度キャロから距離をとった。

　その動きの中でフードがめくれて、マントがはためいたことで細い腕《うで》が見える。

　腕には竜のような鱗。仮面をかぶっており、額には一本小さめの角が生えていた。

　動きやすそうでありながらしっかりとした作りの防具を身に着けており、戦いに長《た》けている様子だ。

「……竜人族《りゅうじんぞく》？」

訝《いぶか》しげな表情のアタルがぼそりと呟く。

「い、いえ……竜人族は確か二本の角を持っているはずですっ」

キャロは奴隷《どれい》時代に、竜人族の奴隷と同じ場所にいた経験があり、その彼《かれ》は二本の角を誇《ほこ》らしげに見せていた。

『そう、あれは……古代竜人族だ』

そんな中、長命のイフリアだけが彼女《かのじょ》の正体に心当たりがあった……。

第二話　古代竜人族の少女

「古代竜人族？　普通《ふつう》の竜人族とは別物なのか？」

　アタルは聞きなれない種族名に、イフリアへと質問する。

『うむ、既に絶滅したと言われている伝説の種族だ。竜人族は身体能力が高いと言われているが、それよりも更に強いらしい。そして、なにより竜の力との親和性が高いと言われている』

　イフリアは覚えている情報の中から古代竜人族の情報を説明していく。

　この世界には失われた種族と呼ばれる、絶滅した種族がいくつかある。

　そのうちの一つに古代竜人族があげられる。

　そして、この種族は全盛期《ぜんせいき》には世界最強と言われる力を持っていた種族だった。

「お前たちが何者かは知らない……だけど、侵入者を見逃《みのが》すわけにはいかない。だから、殺す！」

　彼女は完全にアタルたちを敵視しており、話を聞いてくれるような状態ではない。

「キャロ、彼女を少し黙《だま》らせてくれ」

「わかりましたっ」

キャロはその指示だけで全てを理解して、再び少女と対峙《たいじ》する。

「一人で来るとは私も舐《な》められたものだね……死ね！」

複数人のパーティであるにもかかわらず、一人だけで立ち向かってくることに、少女は屈辱《くつじょく》を感じて強く苛立《いらだ》っていた。

誇り高き古代竜人族が、獣人《じゅうじん》の女一人に負けるわけがない。

「いきますっ！」

今度はキャロが先に動き出す。

特別な能力は使わずにあえて、身体能力のみで勝負していく。

「くっ！」

それでもキャロの動きは素早く、あっという間に少女との距離を詰《つ》めて、懐《ふところ》に入り込んでいた。

剣《けん》を武器にするキャロと、槍を武器にする少女。

間合いが詰まった状態ではキャロに分がある。

「せいっ！　やあっ！」

次々に繰《く》り出される剣戟《けんげき》に少女は防戦一方になってしまう。

「な、なんで、そんなに、動ける、の……！」

疑問を口にするが、もちろん戦闘中にキャロが答えるわけはなく、攻撃《こうげき》の手を緩《ゆる》めることもない。

「ちょっ、このっ、待って……だから、待ってって――言ってるでしょおおお！」

反撃の隙《すき》が全く見えない状況《じょうきょう》であるため、苛立ち交じりの少女はキャロを怒鳴《どな》りつけて槍で剣を思い切り押し返して距離をとる。

「もう、許さないからねえええええ！」

先ほどまでの殺気のこもった、鋭さを持った口調はどこかに消えて、年相応の雰囲気を見せている。

怒《おこ》っているから許さない。

ただ、その想いだけで彼女は戦いを続けている。

「うおおおおお！」

それでもむやみやたらに感情だけで戦おうとしているわけではなく、身体に宿る竜の力を解放しているようだった。

緑色のオーラが彼女の身体を包んでいく。

更にそのオーラは槍に流《なが》れ込んでいた。

「キャロ、魔力《まりょく》は使った方がいい」

「はいっ！」

言われて、キャロは武器に魔力を流し込んでいく。

素のままで戦闘《せんとう》すれば、武器が破壊《はかい》されてしまう可能性があると判断した。

「そんなものおおおおお！」

魔力と竜力、どちらが優《すぐ》れているのか？

最強の種族を自負している少女からすれば、負けるはずなどないと考えていた。

だから、その程度で対応できると思っているキャロのことを強く睨《にら》みつけ、全力の突きを繰り出していく。

キャロはそれらを真正面から剣の腹で受け止めようとした。

「ぐ、ぐぐぐっ」

しかし、膂力《りょりょく》も増している少女の攻撃は威力《いりょく》が高く、徐々《じょじょ》にキャロが押し込まれていく。

（勝った！）

初めて優位に立ててニヤリと笑う少女。

もし、これを言葉に出していたなら、アタルがフラグをたてるなとツッコミをいれたところである。

「――負け、ませんっ！」

だがキャロにもアタルに任されて応えると決めた責任があり、このまま押し込まれるつもりもないため、一瞬だけ獣力を発動する。

自身の身体能力に加えて武器も強化されることで攻撃力《こうげきりょく》が一気に上がる。

「ここですっ！」

鋭《するど》く繰り出されたキャロの一撃は見事に槍の穂先《ほさき》を潰《つぶ》した。

「……なっ⁉」

自分の武器が壊《こわ》れたことに驚いた少女は、その瞬間《しゅんかん》動きが止まって固まってしまう。

「せやあああっ！」

キャロはその一瞬の隙をついて踏《ふ》み込み、そのまま気絶狙いで蹴りを繰り出す。

「やば！」

咄嗟《とっさ》の判断で少女は後ろに飛んでなんとか回避《かいひ》しようとするが、キャロのつま先が仮面を弾《はじ》き飛ばした。

「やったっ！」

キャロは最初から狙いを彼女の仮面に定めており、顔を、目を見て話をしようと考えていた。

「きゃっ！」

仮面を奪《うば》われると思っていなかった少女は驚きからバランスを崩《くず》してしまい、可愛《かわい》い声を出しながらしりもちをついてしまう。

素顔《すがお》はキャロと同じか少し幼く見え、勝ち気な性格を思わせる顔立ちで、ボーイッシュなショートカットの赤髪《あかがみ》が揺れる。

驚きから見開かれた目は金色に近い色合いで、透《す》き通る黄色い宝石を思わせた。

「う……うわあああああああああああああん！」

そんな素顔がさらけ出された少女は、そのまま泣き出してしまった。

「あっ……！　だ、大丈夫ですかっ？」

あまりに盛大《せいだい》な号泣《ごうきゅう》が始まったため、キャロは慌てて少女に駆け寄っていく。

「わあああああん、女に負けたことなかったのにいいいいいいいい！」

どうやら彼女は同性に負けたことがショックでこんな大泣きをしているようで、どこかが痛いとかそういう様子ではなかったことにキャロはキョトンとした。

「だ、大丈夫ですっ！　すごく強かったですよ？」

あまりに泣きじゃくる少女を見たキャロは、微笑《ほほえ》みながらなだめるように背中を撫《な》で、優しく声をかけていく。

「……本当？」

「は、はいっ！　本当ですっ！」

潤《うる》む瞳《ひとみ》でじっと見てくる少女に、キャロは力強く頷《うなず》いて断言する。

「でも、一撃も当てられなかった……」

「うっ」

これは事実であるため、キャロは言葉に詰まってしまう。

「武器も壊れちゃった」

「そ、それは、その……」

これまた事実であるため、壊した本人であるキャロはなにを言えばいいのかわからなくなってしまい、助け船を求めて視線をアタルに向ける。

「あー、いい動きしていたと思うぞ。キャロとあれだけやりあえるやつは、そんなにいないんじゃないか？」

なんとか、アタルも慰《なぐさ》めの言葉を絞《しぼ》り出していく。

「……うぅ、でも、負けた」

それでも彼女にとっては負けたことが最大の問題であるため、これくらいでは機嫌は取り戻《もど》せない。

「う、うぅ……」

再び先ほどの戦いの情景を思《おも》い浮《う》かべてしまった少女は涙がポロポロと目からこぼれ落ちていく。

「うわあああああああああああああん」

そして、再度大泣きが始まってしまった。

「これは……仕方ないな」

「そう、ですね……」

この場所で唯一の情報源が彼女であるため、とにもかくにも彼女が泣き止《や》まなければ話は始まらない。

アタルたちは、しばらくの間、彼女の気が済むまで、泣き止むのを待つことにした。


三十分後。


「うぅ、ひっく、ご、ごべんなざい。泣いだらどまらなぐで……」

少女はなんとか泣き止み始めたものの、喉《のど》がかれて鼻水も出ているため、声がうまく出せないでいた。

「鼻をかんで下さい」

キャロはハンカチを取り出して少女の鼻にあてる。

「ずずずずずずっ」

詰まった鼻がこれで少し改善することとなる。

「はあ、あとはこれでも飲んで落ち着くといい」

そう言ってアタルはコップに入った水を手渡《てわた》す。

大声を出していたため喉がかれ、涙によって身体から一気に水分が失われていた。

だからこそ、喉を潤《うるお》して身体の水分を補給できるこれは、ありがたかった。

「うん……ありがとう。んっ、ごくっ――美味《おい》しい……」

素直に受け取ると、あっという間に水を一気に飲み干してしまった。

「いい飲みっぷりだな。もっと飲むか？」

あっという間に空になってしまったため、空のコップを受け取ったアタルは追加の水を注いで少女に渡した。

これも一気に飲み干してしまったため、アタルが再度水を注ごうとしたが、それは少女によって止められた。

「ありがと、もう大丈夫……うん、元気になってきた」

少女は空のコップをアタルに返すと、立ち上がって自分の身体をゆっくりと動かしていく。

一通り問題なく動くことを確認《かくにん》した少女は、ぱっと顔を上げた。

「うん、大丈夫そう。あの……ごめんなさい」

身体が本来の調子を取り戻してきたことがわかると、少女はアタルたちに謝罪する。

「まあ、いきなり襲《おそ》いかかってきた時はどうしたものかと思ったけど、こうやって落ち着いて話せるなら問題ないさ」

「ですですっ！」

アタルの言葉に、笑顔《えがお》のキャロが続く。

二人ともあれくらいのことは別段気にすることではないと思っており、むしろ槍使いとの戦闘という珍《めずら》しいことが経験できたのはいい経験になっていた。

「キャロって言ったっけ？」

アタルがそう呼んでいたことを思い出して、少女はキャロを見ながら確認する。

「はいっ！　私の名前はキャロですっ。あちらがアタル様で、この子がバルキアス君で、そちらがイフリアさんですっ」

名前を聞いてくれたのは心を開いてくれたのだと判断して、ニコニコ顔のキャロは自己紹介《しょうかい》の流れで全員を紹介していく。

「私の名前はリリア。そっちの竜みたいなのが言っていたみたいに古代竜人族。さっきはいきなり襲いかかってごめんなさい。ここに外の人が来るなんて生まれて初めてのことだったから、つい警戒《けいかい》しちゃって……」

強い警戒心からどう対応するのが正解なのか混乱をきたしてしまったため、攻撃するという選択肢《せんたくし》をとってしまっていた。

「別にいいけどな。俺《おれ》たちが敵対するつもりがないって伝わったみたいだし、な？」

ひょいと肩《かた》をすくめたアタルがキャロに同意を求める。

「はいっ！　……あの、それよりも大事な槍を壊してしまってごめんなさいっ。あのままだと押し込まれてしまうと思ったら、あんな風な対応になってしまって……」

戦いを余儀《よぎ》なくされたとはいえ、相手の武器を壊してしまったことを申し訳なく思ったキャロは、しょんぼりと肩を落としながら謝罪する。

リリアの槍は完全に壊れてしまっており、武器として使うのは絶望的だった。

「ううん、戦いの中のことだからいい。槍はまた作ればいいだけだし」

キャロの謝罪に対して、リリアは大きく首を横に振った。

慣れ親しんだ武器ではあるものの、かなり使《つか》い込んだのでそろそろ新しいものに換《か》えようと考えていたところだった。

「そう言っていただけると救われますっ」

「うん！」

キャロがニコリと笑うと、リリアも笑顔で返した。

「それで、悪いけど、俺たちをリリアの住んでいるところに案内してもらいたいんだが、頼《たの》めるか？」

重要な第一現地人である彼女に案内してもらえれば、話が早いと考えたアタルがそう問いかけると、リリアはツンッとそっぽを向いてしまった。

「お前の頼みは聞かない」

「……えっ？」

先ほどまで普通に会話できていると思っていただけに、予想外の返答にアタルは驚《おどろ》いてしまう。

「えっと……お願いできませんかっ？」

「うん、いいよ。どっちにしても、村長に報告しないとだから、キャロには一緒に来てほしい」

同じ内容をキャロが頼むと、ふっと笑ったリリアは反対することなく素直に受け入れる。

「――なあ、俺がなんかしたか？」

自分だけ明らかに反抗的《はんこうてき》な態度をとられているため、アタルは困ったものだと、理由を尋《たず》ねることにした。

キャロのほうしか見ていなかったリリアは、彼女の話してあげてほしいという視線に渋々《しぶしぶ》ながら口を開いた。

「私が負けた相手はキャロ。我々古代竜人族は強者こそ正義の種族。だから、私に勝ったキャロは正義。連れて行くのは全然構わない。でも……アタル、バルキアス、イフリアの力は見てないから、頼みを聞くことはできない」

「なるほど、実力を見せればいいってことか……」

それが古代竜人族の流儀《りゅうぎ》ならばと、アタルはキョロキョロと周囲を見回していく。

この際に、魔眼《まがん》に魔力を込めて起動したままにする。

「うーん……お、あれがちょうどいいな。それじゃ……」

めぼしいものを見つけたアタルはライフルを構えると、スコープを覗《のぞ》いて狙《ねら》いをつける。

「な、なにをするつもり？」

突然《とつぜん》目の前に現れた、初めて見る武器に、リリアは困惑《こんわく》しているようだった。

「いいから、見ていろ……いまだ！」

アタルはサイレンサー機能をオンにして、引き金を引いた。

飛び出して行くのは貫通弾《かんつうだん》。

「キイイイイイ！」

弾丸《だんがん》が見えなくなった次の瞬間、なにかの悲痛な鳴き声が聞こえた。

「さ、見に行こうか」

「……えっ？」

なにが起きたのかわからないため、リリアはただ驚いている。

どこに行くのか？　なにがあるのか？　なにを見るのか？

なにより、先ほどの鳴き声は一体何なのかわからず、困惑していた。

「ちょっ、ちょっと待って……！」

疑問がいくつも浮かんでくるが、アタルたちがすたすたと進んで行くため、笑顔のキャロに促《うなが》されるように慌《あわ》ててあとを追いかけていく。

「ちょっと、なにが起こって……えっ？　これってホーンラビット？」

名前のとおり角の生えた兎《うさぎ》は、眉間《みけん》のど真ん中を打ち抜《ぬ》かれて絶命していた。

ホーンラビットは逃《に》げ足《あし》の速い種族で、可愛い見た目に反して攻撃するのが難しい。

しかもこの個体はとても珍しい亜種《あしゅ》だったようで、背中には翼《つばさ》が生えている。

「こいつをさっきの場所から倒《たお》したんだ。強いのか弱いのかはわからないが、これくらいの芸当はできるってことさ」

力の一端《いったん》を見せただけであり、別に誇るつもりのないアタルはそんな風に軽く言う。

「こ、こいつって、警戒心が強くて、しかもすっごく動きが速くて、近づくとあっという間に逃げちゃうからなかなか倒せないんだけど……」

リリアも何度か遭遇したことはあったが、一度として倒せたことはない。

「へー、まあ遠距離攻撃《えんきょりこうげき》なら関係ないだろ」

銃《じゅう》だから倒せたわけで、他にも弓や魔法《まほう》でも同じことができるだろうと、あっけらかんとしたアタルは肩をすくめる。

その言葉を聞いたリリアは信じられないものを見るような顔で、何度も首を横に振《ふ》っていた。

「矢も魔法も、攻撃したのがすぐにばれて回避されるの！　だから、この魔物はうちの村だと幻《まぼろし》の魔物なんて呼ばれているくらいなんだから！」

「そうなのか？」

そんな魔物をあっさりと倒したアタルの実力。

「……キャロだけじゃなく、アタルもすごいね。多分そっちの二人もすごいんでしょ」

さっきまでは負けた悔《くや》しさもあって強がっていたリリアだったが、アタルの力を認めないわけにはいかなかった。

そして、強い二人の仲間であるバルキアスとイフリアもきっと相応の実力があるのだろうと推測している。

「あの……さっきはごめんなさい。私の態度がよくなかった。みんな強いから、ちゃんと案内させてもらうね」

殊勝《しゅしょう》な態度のリリアに、文句を言うような者はおらず、全員が彼女の心の変化を好ましく思っていた。

「なかなか自分の非を認められないやつが多いのに、素直に謝《あやま》れるのは偉《えら》いぞ」

そう言うと、アタルはリリアの頭を優しく撫でる。

「え、えへへ、そうかな？」

アタルの撫で方《かた》が気に入ったのか、まんざらでもない様子のリリアは頬《ほお》を緩ませている。

アタルに撫でられた時の嬉《うれ》しさはキャロもわかっているため、微笑ましく見守っていた。

「さあ、馬車に乗ってみんなで行こうか」

「馬車⁉　乗りたい！」

この大陸では馬も馬車もなく、話でしか聞いたことがなかったため、リリアは待ちきれないと言わんばかりに我先にと馬車に乗り込んでいく。

「……まあ、喜んでくれるならよかった。それじゃ、みんなも乗ってくれ」

さっきまでツンツンしていたリリアが一番に乗り込んでいき、少々呆気《あっけ》にとられながらも、アタルたちは出発していく。

「あ、そうだ。アタルたちはなんでここに来たの？　普通じゃ来られないってみんな言ってたけど……」

特別な方法を使わなければ来られない場所に、わざわざやってきたのにはなにか理由があるのだろうと思い出したようにリリアが質問する。

「あー、そうだな。確かに外から誰かがやってくることのない場所に突然現れたら、そうも思うよな……じゃあ少し話していくか」

ここでアタルは宝石竜と戦ったことがあること、その魔核《まかく》から次の宝石竜の行方を探していたらここに到着《とうちゃく》したこと、その竜に会いたいことを話していく。

「ふーん、そんな話、聞いたことないけどなあ……で、その竜って強いの？」

未知の魔物の存在に興味津々な様子のリリアは、その強さについて尋《たず》ねた。

「あぁ、強い」

「強い、ですっ」

アタルとキャロが彼女の問いかけに即答《そくとう》した。

自分よりも強いキャロ。

そして、自分にはない攻撃手段を持つアタル。

この二人が強いと断言するならば、相当な力を持つのだろうと予想できる。

「――すごい！」

それは、リリアの顔に笑顔をもたらしていた。

キャロに負けた時は、相当ショックを受けていた彼女だったが、自分よりも強い相手がたくさんいることに世界の広さを知った。

それは彼女の精神性を成長させて、更なる強者への興味を抱《いだ》かせていた。

「今までに三体ほどと戦ったが、どれもかなり強かった。で、それと同じ系統の竜がここにもいると思って来たんだが……」

その説明を聞いたリリアは腕を組んで首を傾《かし》げる。

「そんな竜、いたかなあ？」

生まれてから彼女はずっとここで生活してきている。

しかし、そんな竜は見たこともなければ、話に聞いたこともなかったため、本当にいるのか懐疑的《かいぎてき》だった。

「まあ、そういうのが見える二人に調べてもらったから、確実な情報だとは思う。リリアが知らないっていうのは、相当昔から封印《ふういん》されているとかなのかもしれないな」

アタルは、若いリリアだけ知らされていないのかもしれない、という可能性も考えたが、ここはあえて黙っておくことにする。

「そっか……なんにせよ村長に聞けばなにかわかると思う。結構長く生きているから、色々知っているはずだし。で、そんな竜となんで戦うことになったの？」

リリアから見たアタルたちは好戦的ではなく、ただの腕試《うでだめ》しで戦闘になったとは思えない。

「あいつらは神に近い存在で、その力を利用しようとした魔《ま》族《ぞく》に誘導《ゆうどう》され――結果として俺たちを敵だと思ったパターンが多いな」

オニキスドラゴンやアクアマリンドラゴンとの戦いがこれにあたる。

「元々邪悪《じゃあく》な宝石竜もいました。封印から復活して、そのままの流れで戦ったのがつい最近のことですねっ」

つい先日戦ったばかりのカオスドラゴンがこのパターンにあたる。

「ふえー、そんな風に戦ったんだ……私も戦ってみたいなぁ」

リリアは比較的《ひかくてき》好戦的であり、強者とは戦ってみたいと思っていた。

「ま、もしここにいる宝石竜と敵対することになったら、俺たち側に加勢してくれ。そうすれば戦えるさ」

「いいね！」

アタルは半分冗談《じょうだん》で言ったが、リリアは完全に百パーセント本気で返事をしていた。

その様子をキャロは微笑ましく見守っていた。

第三話　古代竜人族と神

それから馬車の旅路は魔物に遭遇《そうぐう》することなく順調に進み、ほどなくして古代竜人族の村に到着した。

そこは村、という言葉がピッタリくる場所で、木で作られた柵《さく》で全体が囲まれている。

リリアと同じように額に角の生えた竜人たちが質素な服を身にまとい、静かに生活している姿が見えた。

特徴《とくちょう》としては、男性は獣人に近く、竜を人型にしたような見た目で、女性は見た目自体、とても人型に近く、体のあちこちに鱗《うろこ》が生えているような感じだった。

「というわけで、ここが私の住んでいる村。みんな、お客さん連れてきたよー！」

リリアは馬車から降りると、村中にアタルたちの来訪を触《ふ》れ回っていく。

外からの客がいないこの村において、アタルたちの存在は稀有《けう》なものであり、リリアが連れてきたというのがわかれば下手なことはできない。

当の本人にそれだけの意図があったかはわからないが、彼女の客だと判断した村人たちはアタルたちに好奇《こうき》の視線は向けるものの、敵対視はしていないようだった。

「こういう時、天然は強いのかもな……」

「あははっ、ですねっ」

リリアの村での様子にアタルは微妙《びみょう》に感心し、キャロは楽しそうに見守っている。

「みんなこっちに来て、村長に紹介するから！」

一足先に進んでいるリリアは、何も気づかず、無邪気《むじゃき》にアタルたちを手招きする。

(俺たちが目立つのはあんまり良くないんだがな……)

村人たちに完全に受け入れられているとは思えないアタルは、一瞬《いっしゅん》考える。

「――まあ、考えても仕方ないな。村長にすぐに会えるのはありがたいことだ。お言葉に甘《あま》えさせてもらおう」

しかしすぐに気持ちを切り替《か》えたアタルは、フィンに指示を出して馬車をゆっくりと進めていく。

ただでさえ外からの客が珍しいのに、それが馬車に乗っているともなると、アタルたちは一層注目の的になってしまう。

「文化の違《ちが》いは好奇心を生むもんだな」

「ですねえっ」

彼らからすると、やはり馬も馬車も珍しい。

反対にアタルたちからすると、この村の人々の見た目や暮らしは興味深かった。

互《たが》いが互いを見ている光景は、奇妙《きみょう》なものではあったが、それはアタルたちが村長の家に到着することで終わりを迎《むか》える。

「ここだよ、入っていいって」

馬車から降りたアタルたちは、リリアの手招きで一番大きな家に入っていく。

彼女は先に到着して、アタルたちが家に入る許可をもらっていた。

「お邪魔《じゃま》します……」

「失礼しますっ」

声をかけてアタルとキャロが入り、そのあとをバルキアスとイフリアがついていく。

「っ⁉」

家に入って村長を見た瞬間、アタルは一瞬呼吸を止めた。

和服のようなものに身を包んだ古代竜人族の老人が、部屋の奥《おく》で目を閉じて静かに座《すわ》っていた。

明らかにここまでに見た古代竜人族とは格が違った。

リリアをはじめとする村の人たちには感じなかったが、村長相手にはこの世界でいろんな敵と戦ってきたアタルでさえ、息をのんでしまうほどの圧倒的《あっとうてき》な存在感があった。

雰囲気《ふんいき》も、感じる力強さも、風格も段違《だんちが》いだった。

「ふむ、お前たちが客人か……私の記憶《きおく》の中にも外から客がやってきたことはないな。お前たち、どこからどうやって来た？」

淡々《たんたん》とした口調の村長は、アタルに冷ややかな視線を向けるとジロリと睨みつける。

リリアによく似た色合いの瞳だが、その視線は明らかに敵に向けるそれだった。

「それを話す前に、自己紹介くらいしないか？　俺はアタル、地上で冒険者《ぼうけんしゃ》をやりながら旅をしている。こっちがキャロ、バルキアス、イフリアだ」

村長の威圧感《いあつかん》に息をのみながらも、アタルはせめて名前くらいは知っておきたいと、自ら名乗る。

「それもそうだな。私の名前はリアディス。昔の言葉で青い翼という意味だ。……さて、互いに名前がわかったところで、私の質問に答えてもらおうか——どこからどうやってここへ来た？」

リアディスは淡々と自らの名前を口にすると、すぐに先ほどの質問に話題を戻していく。

この天空島がどこと繋《つな》がってしまったのか？

彼らにとって重要な情報のようで、それを早く確認しておきたいという気持ちが伝わってくる。

「俺たちは妖精《ようせい》の国からやってきた。アクアマリンドラゴンの魔核を触媒《しょくばい》にして、宝石竜のいる場所を突《つ》き止《と》めて、そこの転移門からここまで飛んできたんだ」

シンプルに転移してきた方法を説明するアタルに対して、リアディスは険しい表情になっている。

「アクアマリンドラゴンの魔核、と言ったな……それはどうやって手に入れた？」

たまたま手に入れただけの可能性を考慮《こうりょ》して、眉《まゆ》をひそめた村長は確認をとる。

「あぁ、俺たちが倒した。なかなか強かったから、大変だった。魔族に扇動《せんどう》されて……」

アタルが話している途中《とちゅう》だったが、村長はそれを断《た》ち切るように、大きな音をたてて立ち上がった。

「――お前たちにとっては知らんが、宝石竜は我々古代竜人族《りゅうじんぞく》にとって、神たる存在。我々は宝石竜によって生み出されたとも言われている。その始祖たる存在を倒した、と？」

（そういうことか……）

言葉、そして表情の変化からリアディスが怒《いか》りに打ち震《ふる》えていることはアタルたちにも完全に理解できていた。

「さすがに家の中で騒《さわ》ぐわけにはいかんからな、外に出てもらおうか」

怒りの中にも冷静さを保っていたリアディスはアタルたちをギロリと恨《うら》みのこもった眼《まな》差《ざ》しでにらみながらそう言う。

それに従うように、アタルたちは黙って外に出ていく。

「……これはなかなか」

外に出ると家の周りには竜人たちが集まっていた。

その数、およそ百。村中の人たちが集まったのだろう。

全員、その手には槍《やり》を持っており、アタルたちを睨みつけている。

「神の命を奪った罪は万死《ばんし》に値する！」

「死んで償《つぐな》え！」

「八《や》つ裂《ざ》きにしてやる！」

どうやら、先ほどの会話は彼《かれ》らにも聞かれていたようだった。

古代竜人族の誰《だれ》もが宝石竜《りゅう》を崇拝《すうはい》しているようで、始まりの合図があればアタルたちを殺すことをも厭《いと》わない様子である。

「――キャロ、バル、イフリア……殺すなよ」

そんな殺伐《さつばつ》とした空気の中にあって、アタルが出した指示は正反対のものだった。

この指示がアタルらしいと思った三人は笑顔で頷いて返した。

「さーて、それじゃ私はアタルたちの味方をしようかな」

この村に住んでいるはずのリリアがふっと笑って村人たちの間に立った。

彼女《かのじょ》はどこからか持ってきた新しい槍を構えてアタルたち側につくと言った。

「リリア！　お前、どういうつもりだ！」

先ほどまで怒り心頭の様子だったリアディスが、信じられないものを見るように慌てて彼女に問いかける。

「いや、だってさ。アタルたちにだって色々事情があるかもしれないのに、そんな始祖だとかなんだとかよくわからない昔の話をもとに『神様ぁ』なんて言っちゃって、古臭《ふるくさ》いったらありゃしないじゃない！」

リリアはこの村の中でも若く、宝石竜の伝承などは寝物語《ねものがたり》で軽く聞いた程度で、思い入れも弱い。

「そ、れ、に、私たちの掟《おきて》は強者が正義、でしょ？　キャロは私に勝ったし、アタルも強さを見せてくれた。だから、私はアタルたちと一緒《いっしょ》に戦うことにするよ！　……あとさ、話もろくに聞かずに殺すとか八つ裂きだ、なんて言っている人たちよりも、殺すなって簡単に指示できるほうが格好《かっこ》いいし！」

「リリアさんっ！」

ニカッと笑うリリアに、キャロも笑顔になる。

（いや、お前初対面で俺を殺しに来ていたからな……）

表情には出さないが、アタルはそんなツッコミを心の中でいれている。

「くっ……ならば娘《むすめ》だといっても容赦《ようしゃ》せんぞ！　みんな、かかれ！」

リアディスは村人たちに向かってそう叫《さけ》びながら槍を構える。

リアディスの号令で、アタルたち五人と竜人百人の戦いの幕が上がった。

「さすがに人数が多いから、強化するぞ」

アタルはハンドガンを取り出すと、身体強化弾《だん》を装填《そうてん》して四人に撃《う》ち込《こ》んでいく。

「……いったっ！　なにするの！　って、えっ？　えええええええっ⁉」

驚いているのはリリア一人だけである。

構える間もなく背中に衝撃《しょうげき》を受けて、アタルに文句を言おうとした瞬間、みるみるうちに身体中《からだじゅう》へと力がみなぎってくるのを感じていた。

「これでしばらくの間、全体的に能力が強化されるはずだ。思った以上に動けるはずだから——やりすぎないようにな」

これがアタルの力によるものだとわかり、キャロたちも同じように強化されているのを知って、リリアはニヤリと笑った。

「これ、最高！　いっくよー！」

気合が入ったリリアは槍を身体の前で一回転させると、元気よく地面を蹴《け》って走り出す。

村長の娘であり、かなりの才能を秘《ひ》めているリリアだが、まだ若く発展途上《とじょう》だ。

それを知っている竜人たちは、数人で取り囲めばリリアなど簡単に制圧できるとなめてかかっていた。

「せやあああ！」

しかし、リリアの動きは彼らが知っているそれを明らかに上回り、繰《く》り出される鋭い突きによって、次々と彼らは槍を弾き飛ばされてしまっていた。

武器を失ったところにリリアの鋭い蹴りが繰り出され、そのまま気絶させられる。

「リリア、すごいな」

「はい、強化された身体を自在に使っていますっ」

同族と戦っているにもかかわらず、リリアは強化された自分の力を使っていくことが楽しいようで、次々に竜人たちを撃破していく。

「よそ見を、するなあああ！」

アタルたちが感心したようにリリアが戦っている姿を見ていると、なめられていると感じた竜人たちがいきり立って襲いかかってくる。

「死ねえええ！」

そのうちの一人の槍がアタルに向かって真っすぐ伸《の》びていく。

だがアタルは今もリリアの戦いぶりを見ており、攻撃《こうげき》が向かっているのがわかっていても、そちらに意識を割《さ》くことをしなかった。

「――させませんっ！」

もちろんアタルがただ黙《だま》ってやられるわけもなく、キャロがその攻撃を防ぐ。

「な、なんで……」

驚いている理由は、なんで自分の攻撃が防がれたのかではなく、キャロが細い剣《けん》の先端《せんたん》を槍の先端にぶつけて完全に動きを止めていることだった。

「アタル様に攻撃は当てさせませんっ！」

「ぐっ……！」

そして、そのまま気迫《きはく》で押《お》し返され、竜人はバランスを崩してしまう。

『ガウウウウ！』

そこへバルキアスが勢いよく体当たりをして村人を吹《ふ》き飛ばすと、巻き込まれて数人が倒れこんだ。

「さあ、俺たちもリリアに負けないように……少しやってみるか」

しばらくリリアを見ていたアタルも首を一度軽く回しながら、一歩、二歩前に出ると、ハンドガンを二丁構える。

先ほどみんなを強化したアタルの武器。

先端からなにかが発射されていたことから、遠距離武器《えんきょり》であると竜人は判断する。

「せやあああ！」

だからこそ、素早《すばや》く近づいて近距離戦闘《せんとう》に持ち込んでいけば勝てると判断して、飛び出してくる。

「アタル様っ！」

問題ないとわかっていても、思わずキャロが声をあげるが、彼女たちにもそれぞれ数人ずつの竜人が襲いかかっており、援護《えんご》に向かうことができない。

「大丈夫《だいじょうぶ》だ」

アタルの返答はシンプルなものだった。

それは決してキャロたちを安心させるためのものでも、心配をかけないように言ったものでもなく、ただ事実を口にしていた。

「よっと」

アタルはハンドガンのグリップ部分で槍を受け流すと、反対の手に持つハンドガンで気絶弾を撃ち込んでいく。

「うがっ」

ほぼゼロ距離《きょり》で撃ち込まれたため、すぐに効果が現れ、男は即座《そくざ》に気絶してしまった。

「さあ、どんどんかかってこい」

「くそおおおっ！」

仲間が殺されたように見えている竜人たちは、怒りに任せてアタルを攻撃していく。

比率的にアタルへの攻撃が最も多くなっている。

「へえ、なかなか面白《おもしろ》い戦い方だな」

それぞれに身体能力のレベルが異なるため、突きの速度、引き戻す速度が違う。

見極《みきわ》めずに、一定のよけ方をしていると、攻撃を受けてしまうかもしれない。

そのため、魔眼で竜人たちの動きを確実に把握《はあく》して軽《かろ》やかなステップで回避《かいひ》していく。

これだけアタルに攻撃が集中することは珍しい状況《じょうきょう》であるため、彼は自分がどれだけのことができるのかを改めて確認しながら動いている。

（近接戦闘《せんとう》も、なかなかどうして、悪くないな）

先ほどのようにハンドガンで受け止めてもよかったが、これまた相手の力が強ければ受け止めきれない可能性もある。

だからこそ、受けに回るのは最小限にとどめて回避に集中していく。

その間にも弾丸を放ち続け、竜人たちの数を順調に減らしていた。

最初に仲間の強化を行ったこと、キャロが攻撃を防いだことなどから、アタルは近接戦闘に向いていないのではないか？　竜人たちはそう判断して、彼に狙いを定めている。

しかし、アタルは決して近距離戦闘を行えないわけではなく、ライフルではなく、ハンドガンを使い、あらゆるものを見通す魔眼があることで、相手の動きを読むこともできる。

「――後ろにいるのはわかっているぞ」

前方から来ている竜人の目に後方の動きが映っており、魔眼でそれを見ているアタルに死角はなかった。

「あ、あの者たちは一体……」

数百年の時を生きる村長であるリアディス。

彼は、多くの戦士の戦いぶりをこれまで見続け、今の村にいる戦士たちは決して弱くはないと知っている。

それどころか、リアディス自らが稽古《けいこ》をつけているため、中にはかなりの実力をもつ者もいる。

それにもかかわらず、アタルたちはリリアも含《ふく》めて誰一人《だれひとり》として怪我《けが》一つしていない。

「せやあああっ！」

キャロも武器に魔力《まりよく》を込めて、相手の武器破壊《はかい》を狙っている。

今も、槍の先端を的確に打ち砕《くだ》いていた。

「……なっ⁉」

「せいっ！」

ありえない光景に竜人たちが驚いているところに、すかさずキャロは蹴りを繰り出して吹き飛ばしていく。

もちろん威力《いりよく》は抑《おさ》えているため、しばらく動けない程度である。

「こ、この獣風情《けものふぜい》が！」

ただの狼《おおかみ》の魔物だと思われているバルキアスは、そんな風に罵倒《ばとう》されている。

『その獣風情にやられるのは、そっちだよ！』

罵倒されていることに怒りはわかないが、負ける気はないバルキアスは竜人たちを次々と突進《とつしん》で気絶させていく。

ただでさえスピードがあるバルキアスの身体能力が向上しているとなれば、とらえることは難しく、あっさりと倒されていく。

『ふむ、こちらはあまり動かずに戦うとするか』

空を飛ぶことにいまだ抵抗感《ていこうかん》のあるイフリアは少し大きくなった状態で、バルキアスから離《はな》れ、地上に降り立っている。

「ドラゴン？　にしては小さいな……」

「トカゲの魔物じゃないか？」

「ドラゴンがあんなやつらに力を貸すとは思えないな」

イフリアの様子をうかがう古代竜人族は竜種《りゅうしゅ》に対しての思い入れが強く、アタルたちに竜種が助力しているとは考えたくもなかった。

実際、イフリアは竜種ではないわけだが、誇《ほこ》り高き霊獣《れいじゅう》たる自分がトカゲ呼ばわりされたのはいささかカチンときたようで、静かに怒りの炎《ほのお》を燃やしていた。

『我を愚弄《ぐろう》するな！』

イフリアは、このサイズで出せる最大量のブレスを竜人たちに向かって吹きつけていく。

殺すな、とアタルに言われているのでやけどを負わせる程度だが、相手を脅《おど》かすのには十分だった。

「くっ、こいつ生意気にもブレスを使って来やがるぞ！」

「ええい、囲んで攻撃しろ！」

当然ながらブレスは前方にしか放つことができない。

円状に囲んでブレスが来ない位置から攻撃をしようと竜人たちは動き出す。

『……古代竜人族などと大層な名を名乗っていながら、考えた末の作戦がただ囲むこととは――はあ、嘆《なげ》かわしいな』

そんな彼らの動きに、イフリアはため息まじりに残念そうな声を出す。

「生意気な口を！　かかれ！」

竜人たちはほぼ同じタイミングでイフリアに向かって槍による一撃《いちげき》を放っていく。

『浅はかな』

イフリアは軽く跳躍《ちょうやく》してそれらを回避する。

「そうすることなどお見通しだ！」

逃げる場所と言えば上空しかない。

しかし、ここまでイフリアが空高く飛んでいないのは誰の目にも明らかであり、今回も大きな回避はしてこないと読まれていた。

ゆえに、そこを狙った鋭《するど》い突きが何発も繰り出されていく。

『甘いな』

イフリアは彼らが円状に分かれているため、ブレスで一網打尽《いちもうだじん》にできないと考えていた。

しかし、彼らは自ら一か所に集まって来てくれている。

『ここだな――燃えさかる火炎《かえん》』

イフリアに攻撃しようとするため密集してしまった彼らに対して、イフリアは空中から地面に向かってブレスを放つ。

「うわっ！」

「あつっ！」

「く、くそっ！　服に燃え移った！」

効果はてきめんで、前のめりだった彼らはブレスをまともに浴びてしまうこととなった。

殺す意図はないため、見かけよりもずっと威力はないが、それでも火に対する本能的恐怖心《きょうふしん》が勝っているようで、竜人たちは慌てふためいている。

『さて、それでは貴様らの言うトカゲの攻撃で気絶していてもらおうか』

イフリアは先ほどの発言を根に持っており、尻尾《しっぽ》で彼らの顎《あご》をひっぱたいて意識を失わせていく。

「なっ……」

リアディスが見守る中、既《すで》に竜人たちの七割ほどがアタルたちによって倒されてしまう。

その中でもリアディスには、娘のリリアの活躍《かつやく》が際立《きわだ》って見えていた。

「せい！　やあ！　とう！」

力強く、それでいて素早い攻撃が竜人たちを気絶させていた。

彼女もまた、アタルの殺すなという指示をキチンと守っている。

もちろん同族を殺すつもりはなかったが、いきなりの強化にもしっかりと対応し、適応力の高さを見せていた。

最終的に全ての竜人を倒すのにかかった時間は、わずか十五分程度だった。

「さて、これで残ったのはあんただけだが、どうする？」

アタルたち五人は、リアディスと対峙《たいじ》する。

誰一人として疲《つか》れを見せておらず、あの程度は準備運動だった。

「…………いや、負けだ。元々私は戦いに参加するつもりはなかった。みんなが負けたのであれば、それが我々の負けを意味する」

力なく肩《かた》を落としたリアディスはこの結果をすんなりと受け入れる。

「――強者が正義」

これはリリアの言葉である。

彼女がアタルたちに味方した際にも口にしていた言葉だった。

「それは、どういうことを意味するんだ？」

あえてアタルがそんな質問を投げかける。

おおよその意味は理解できるが、実際に当事者からの説明を聞いておきたかった。

「我ら古代竜人族は戦闘に優《すぐ》れた種族。ゆえに、強い者こそが正しい者であるという言葉が代々受《う》け継《つ》がれている。だがそれは強者にただ従えという言葉ではなく、正しさを通したければ強さを持っていなければならない、という意味だ」

リアディスの説明を聞いて、アタルたちはなるほどと頷《うなず》く。

「私は、自分が正しいと信じていても力を示されたらしっかりと聞かなければならないって思ってる。ちょっと本来の意味とはずれるかもしれないけどね！　……でも、村長みたいにしっかりと話を聞かずに大勢で襲《おそ》いかかるよりは百倍マシだと思う！」

どうやらリリアはアタルたちを悪と断じたみんなに対して怒《おこ》っているらしく、語気がやや強めになっている。

「い、いや、しかしだな……彼らは宝石竜を殺したんだぞ？」

リアディスはこの村の中で最も長命であるがゆえに、昔ながらの考えが強く染みついている。

「宝石竜を殺したら絶対に悪なの？　じゃあ、私が宝石竜に殺されたとしても、みんなは神様だから仕方ないって諦《あきら》めるの？　みんなは自分の家族が宝石竜に殺されたとしても、納得《なっとく》するの？　宝石竜が村を襲ってきたら、神様だから無抵抗《むていこう》で受け入れるの？」

納得いく説明をしてほしいと語気を強めながら、リリアはみんなに向かって矢継《やつ》ぎ早《ばや》に質問を投げかけていく。

「そ、それは……」

誰一人として、この問いかけに対して、そのとおりだとは言えず口ごもってしまう。

村長のリアディスですら、何も言えず、視線を彼女から逸《そ》らしていた。

「あー……これは俺《おれ》がちゃんと説明しなかったのも悪かったのかもな」

このままでは味方をしてくれたリリアが、親や村人たちと関係を悪化させてしまうと考えたアタルは自らが折れることにする。

「ううん、アタルが言う前にお父さんが話を聞いて……」

そこまで言ったところで、ふわりとほほ笑《え》んだキャロがリリアの前に立った。

「リリアさん」

そして、肩に手を置くと首を横に振《ふ》った。

「私たちは誰も傷ついていませんっ。それに、アタル様があぁ言ってくれているので、大丈夫ですっ」

「でも……」

それでも、リリアは納得がいっていないようで、言葉を続けようとする。

「リリアさん。こんなことで実のお父さんと仲たがいする必要はありませんっ。血のつながった家族なのですから、もっと大事にしてあげて下さいっ」

キャロは自身が二度と両親と会えないと思っていたこと、運命が再会へと導いてくれたこと、それらを思い出しながらリリアに優《やさ》しく声をかける。

「……………うん、わかった」

その思いは伝わったようで、先ほどまでの勢いがなくなったリリアは静かに頷く。

「お父さん、みんな、いじわるな言い方しちゃってごめんなさい。みんなが大事にしていることを悪く言うつもりはなかったの……」

そう言うと、リリアは素直《すなお》に頭を下げてみんなに謝罪する。

「と、いうことみたいだが……子どもがああ言っていて、大人はなんて返すつもりだ？」

思いのほか素直なリリアを見たアタルは、他のみんながどう対応するのか尋《たず》ねる。

ここで、宝石竜は神だから仕方のないことだ、などと言い出せば、それこそ大人げないということになってしまう。

「そうだな……リリア、謝《あやま》らなくていい。悪かったのは私だ。長い時を生きてきたことで、考え方が固くなっていたのだ。だから、宝石竜を倒《たお》したと聞いて、その理由まで尋ねることができなかった。アタル殿《どの》、そしてみなさん――誠《まこと》に申し訳なかった」

娘の謝罪に対して、リアディスも頭を下げる。

そんな彼に倣《なら》って他の竜人たちも頭を下げていく。

いつの間にか集まっていた非戦闘員の村人たちも頭を下げている。

「おー、これはなかなか壮観《そうかん》だ……ま、俺たちは別に気にしてないからいいんだけどな。むしろやられたのはそっちだろ？」

そう言って、アタルは肩をすくめる。

あえて悪役になることで、相手の罪悪感を少しでも払拭《ふっしょく》しようと考えていた。

「ふふっ、いい訓練になりましたっ」

それに笑顔《えがお》のキャロものっかっていく。

「私も面白かったかな。普段《ふだん》は本気のみんなとあんな風に戦うことなんてなかったし、いい経験だったなー」

リリアも同じようにはじけるような笑顔でそんなことを言う。

「やれやれ、これはかなわんな……みんな、彼らは真の強者だ。そしてここからは私の客人とする。今後は丁重《ていちょう》にもてなすように！」

村長であるリアディスが宣言すると、全員が頭を下げてアタルたちへと敬意を示した。

「それじゃ、とりあえずなんか食いながらリアディスの家で話をしようじゃないか」

「うむ、リリアも一緒に来なさい」

「はーい！」

こうして、アタルたちはリアディス宅で改めて話をすることとなった。

第四話　空飛ぶは……

人数分のお茶と茶菓子《ちゃがし》が用意され、最初に会った時とは違い、穏《おだ》やかな雰囲気が漂《ただよ》う。

「さて、どうやってここに来たのかは聞いたが、なんの目的で来たのかは聞いていなかったな……だが、こちらばかり質問するのは申し訳ない。先に少し我々古代竜人族と宝石竜についての話をしようと思う」

「頼《たの》む」

先ほども話の流れでいくつかのワードは出ていたが、改めてリアディスの口から説明を聞くことになった。

「そもそも宝石竜というのはこの世界の古い神々が作り出した、新しい神という位置づけになっている」

これはアタルたちがこれまでに旅してきたなかでも聞いた情報である。

「そして、その宝石竜が我々古代竜人族や、地上にいる竜人族を生み出したと言われているのだ」

これが本当のことならば、宝石竜は彼らの生みの親ということになる。

「だからこそ、我々は宝石竜を神として崇《あが》めている。そして、そのためにこの生物の背中で生きていくことを我らの祖先が選択《せんたく》したのだ」

この言葉を聞いたアタルは、気になる点がいくつかあった。

「ということは、ここに宝石竜がいるってこと?」

そんな話をこれまでに聞いたことがなかったリリアがアタルよりも先に質問する。

「あぁ、それは……」

真実を伝えるかどうか、リアディスが逡巡《しゅんじゅん》する。

そのタイミングでアタルが手を挙げて、質問を投げかける。

宝石竜のことよりも、とにかく気になることがあり、それを聞かずにはいられなかった。

「いやいや、そんなことよりも、生物の背中ってどういうことだ?」

これにはキャロも、いつもは話し合いに参加しないバルキアスとイフリアも頷いていた。

彼らは天空に浮《う》かぶ島に来たはずである。

「うん?　あぁ、そうか……ここをただの空に浮かんでいる島だと思っていたのか」

リアディスはアタルたちがなにに疑問を持っているのか一瞬考えてしまったが、自分たちの当たり前がよそから来た人間には当たり前ではないのだと思いいたる。

「ここは巨大《きょだい》な空飛ぶクジラの背中の上だ」

「………ク、クジラ？」

答えを聞いて、一瞬の間がある。

あまりの驚《おどろ》きに固まったアタルはここに来てからの島と昔から知っているクジラのイメージを重ねていく。

クジラは海の中を雄大《ゆうだい》に泳ぎ、時折背中から潮を吹く、地球に生息する巨大な海洋生物。

空を飛ぶクジラというのはゲームなどでは知っていたが、いざ自分がその上にいると聞いても実感がなかった。

一方で、クジラを知らないキャロたちは首を傾《かし》げている。

「いやいや、クジラっていうのは海の中を泳いでいる生き物のはずだろ？　それが空を飛ぶなんて、到底《とうてい》信じられないことだし、なによりデカすぎるだろ！」

転移した場所からこの村までもそれなりの距離があり、それでも全体からすれば極《ご》く一部だった。

「ほう、普通《ふつう》のクジラを知っているのか。うむ、この島のクジラはスカイホエールといって、空にある雲海と呼ばれる場所を泳ぐ。元々巨大な身体をしていて、その背中には多くの生物が住み着いている。ここもその一つだな」

信じられないようなことを言っているが、嘘《うそ》をついている様子は見えない。

「ってことは、本当に俺たちはクジラの背中の上にいるのか……」

まるでファンタジーの世界だな、とアタルは呟《つぶや》きそうになって部屋にいる自分以外の面々を見て、そういえばその世界にいるんだったと思い直す。

「ちなみにこのクジラ、今は何千年と生きているせいでわかりにくいが、元々美しい蒼《あお》い身体をしているらしく、そこから蒼鯨《そうげい》——そう呼ばれている」

「そうげい、か」

大空を泳ぎ渡《わた》る大きな蒼いクジラ。

そんな姿をアタルは思《おも》い浮かべていた。

「あ、あの、私はそのクジラ？　のことはわからないのですが、なんでみなさんのご先祖様はそんな選択をしたのでしょうかっ？　地上にいたほうが便利ですし、なにより他の種族との交流も図《はか》れないと思うのですが……」

閉鎖的《へいさてき》な場所であれば、文化も停滞《ていたい》してしまう。

それは、彼らの暮らしぶりを見ても明らかだった。

村にあるのは藁《わら》と木で作られた家ばかりで、服も質素だ。

自給自足を中心とした生活レベルも決して高いとはいえない。

「確かにそのとおりだ。だが、そうだとしても、ここを離れるわけにはいかない。守り抜《ぬ》かねばならないものがあるから、外とのかかわりを断ってきたのだ……」

それほどに重要なものがここにはある――リアディスは言外にそう語っていた。

「つまり、ここには宝石竜のうちの一柱が封印《ふういん》されているということか」

ここでアタルが先ほどのリリアがした質問に戻《もど》る。

先ほども答えに困ったこの問いかけに、リアディスは複雑な表情になり、肯定《こうてい》とも否定ともとれないような反応を見せた。

「それは、一族が代々守ってきた秘密だ。おいそれと話せるものではない。確かに力は認めるが、この秘中の秘を語るわけにはいかない」

その話はリリアだけでなく、他の竜人たちも知らないほど重要な秘密だった。

「なかなか煮《に》え切らない話しかできないのだが、今度は私から聞いてもいいだろうか」

ここでリアディスは話せないことを申し訳なく思いながらも、話題を転換《てんかん》していく。

「あぁ、構わない」

アタルもこれ以上無理に聞くのも悪いと思い、リアディスに頷いてみせる。

「うむ、それでは改めて聞かせてもらおうか。なぜここにやってきて、なんの目的でここにやってきたのだ？」

宝石竜が目的だという話は事前に聞いている。

だが、なぜ宝石竜を欲《ほっ》するのか、それを聞きたかった。

「俺たちは既に宝石竜を二柱倒している。どちらもある魔族《まぞく》の男に誘導《ゆうどう》された宝石竜が襲いかかってきたことで、戦わざるを得ない状況になってしまったんだ」

あくまでいたずらに命を奪《うば》ったわけではないことをアタルは先に説明する。

「なるほど、宝石竜を探し求める理由もその魔族とやらに関係しているのだな。大方、その男が魔《ま》核《かく》を使ってなにかよからぬことでも企《たくら》んでいるのだろう」

二回も魔族絡《がら》みで宝石竜と戦うことになったと聞けば、決してその男が無関係ではないのだろうとリアディスは予想していた。

「そのとおりだ。あいつは核を七つ集めて八柱目、最後の宝石竜を召喚《しょうかん》しようとしている。そいつはどうやらかなり危険なやつらしい……だから、あいつが召喚する前に俺たちで宝石竜を封印するか、敵対した場合は魔核を回収しておきたいんだ」

その説明を聞いたリアディスは疑問を持った表情になる。

「最後の宝石竜……一つ気になるのだが、本当にそのようなものが存在するのか？」

なにか思うところがあるらしく、リアディスはそんな質問を投げかける。

「いや、俺も聞いた話だから、事実かどうかはわからないんだが……ただ、情報源は信頼《しんらい》のおける人物、のはずだ」

　アタルが最初にこの情報を聞いたのは神からである。

　神はアタルをこちらの世界に転生させ、武器や魔眼《まがん》を与《あた》えてくれた。

　そんな世話になった人物が嘘をつくとも思えなかった。

「なるほど……しかし、その最後の宝石竜が特別な力を持っていたとしても、果たして七柱もの神たる竜を倒してまで手に入れる必要があるものなのか？」

　手に入れる難易度に対して、手に入るものが果たして見合うものなのか？　というのがリアディスには気になっていた。

「いや、それは……」

　今までは神が言うのならきっとそうなのだろうと、単純に信じていた。

　しかし、リアディスに指摘《してき》されたことで、今までそうだとなぜ思い込んでしまっていたのか……自身の考えにアタルは疑問を持ち始めた。

「仮に強力な宝石竜が召喚できるとしても、七柱の宝石竜を従えていたほうが有益なのではないかと思うが」

「なるほど……確かにそのとおりかもしれない」

　そう思わされるだけの説得力をリアディスの言葉は持っていた。

「一つの視点だけでなく、色々な考えを持っていたほうがいいですねっ！」

キャロにもリアディスの話は新鮮《しんせん》に聞こえていた。

「そうだな、まあ宝石竜《りゅう》に対する考えは色々改める必要があるな。それと、理由があったとしてもあんたたちが神として崇めている宝石竜を倒したことは謝罪する。それでも、今後も敵対することがあったら戦う手は緩《ゆる》めないつもりだがな」

この蒼鯨の背中で暮らすと決められるほどには、宝石竜の存在は彼《かれ》ら一族にとって重要な神であった。

それを倒したというのは、彼らにとってはナイーブな問題である。

だからこそ、頭を下げるに足る理由があるとアタルは考えていた。

「いや、私こそこちらの考えを押しつけて、理由も聞かずに襲いかかったことは謝っても謝りきれん」

リアディスも自分の非を認めて頭を下げる。

「二人ともそれぞれ理由があったんだからいいってことで！」

この状況で、空気を読まずに一気にぶち破って無理やりまとめたのはリリアだった。

竜人《りゅうじん》であり、リアディスの娘であり、アタルたちに味方をした彼女だからこそ、どちらか一方に肩入《かたい》れせず、こんなことが言えた。

「そう、だな。そうそう、もうこうなったら色々ぶっちゃけるが、宝石竜の魔核は膨大《ぼうだい》なエネルギーを秘めている。もちろん鱗《うろこ》なんかも強固な装備の素材として優秀《ゆうしゅう》だ。そのあたりも見込《みこ》んで宝石竜を探している部分もある」

魔族のラーギル以外にもアタルたちには戦うべき相手がいる。

だからこそ背に腹は代えられず、強力な素材が手に入るのは願ったりかなったりだった。

「ふむ、神を素材と考えるのにはさすがに抵抗があるが、そういう考えがあるというのは尊重しよう。それぞれ種族、立場、これまでの人生——色々と違《ちが》う部分があって当然だ」

かなり失礼なことをどストレートに言ったアタルに対して、リアディスは寛容《かんよう》な態度を見せてくれる。

「しかし、なぜそのように力が必要なのだ？　今でも十分すぎるほどの力を持っているように見受けられるが……先ほどの戦いでも本気は出していないのだろう？」

リアディスは不思議そうにアタルたちをじっと見つめている。

竜人たちは必死に攻撃していたが、アタルたちは涼《すず》しい顔で対応しており、汗《あせ》一つかいていなかった。

そこから見ても、アタルたちの実力はまだまだ底が知れない。

「まあ、俺たちはなぜか色々なやつらと戦っているからな……」

ここで一度アタルはお茶を口に含む。

紅茶ではないソレは地上で飲んだことのない色と風味だったが、アタルは覚えがあった。

「これは……懐《なつ》かしいな」

日本で飲んだことのある、いわゆる緑茶だった。

「懐かしい、ですかっ？　に、苦いですっ……」

アタルの好意的な様子からキャロも飲んでみるが、渋《しぶ》みを感じるそれは、お茶イコール紅茶である彼女《かのじょ》にとっては、渋さに表情を歪《ゆが》めてしまうものだった。

「ははっ、確かに慣れないとただ苦いだけかもしれないな。俺の故郷でもお茶と言えばこれと同じものが割と一般的《いっぱんてき》でな……ふう、落ち着く」

二口目を飲んだアタルの表情は懐かしさから、リラックスしているように見える。

「あぁ、それで力を求める理由だったな。俺たちは基本的には冒険者《ぼうけんしゃ》として活動していて、色々な魔物《まもの》と戦ったり旅先で美味《うま》いものを食べたりしたいんだよ」

急に力とは関係ない方向に話が向いていったため、リアディスは首を傾げている。

「そんな風に楽しく旅をしたいんだが、まあ悪いやつらっていうのはどこにでもいる。俺たちが平和に暮らす邪魔《じゃま》をするやつらがな」

ここで、アタルの表情が苛立《いらだ》ちまじりのものへと変化する。

「邪神《じゃしん》……」

ポツリと口にする。

リアディスにもそれは聞き覚えがあるらしく、ビクリと大きく身体を震《ふる》わせた。

「知っているのか……まあ、宝石竜を知っているくらいだ。それを生み出した神々を知っていても不思議じゃないか……」

善性の神だけでなく、邪神たちもまた宝石竜を生み出していた。

「それでその邪神だが、復活が近い、と思う」

アタルは更《さら》に追い打ちをかけるように、言葉を続けた。

「なっ！　そ、そんなことが⁉」

とんでもないカミングアウトに、驚き戸惑《とまど》うリアディスは思わず立ち上がってしまう。

「俺たちは実際に邪神側の神と戦っているからな。いやあ、なかなか強かったよ。倒しきれなかった」

「………」

宝石竜のような作られた神ではなく、更に上位たる神と戦って倒しきれなかったと言うアタルに対して、リアディスは口をあんぐりと開けて驚いている。

神と戦って生きていることすら奇跡《きせき》である。

しかも、アタルの口ぶりからすると、恐《おそ》らく勝利していると推測できる。

「俺たちは四神と呼ばれる、各属性を司《つかさど》る神の力を借りることに成功している。だが、これから戦いが激化していく可能性を考えるとまだまだ足りないんだ」

「…………」

今度は神の力を借りているというアタルに対して、口を閉じたリアディスは信じられないものを見るかのような視線を向けている。

「でまあ、この島に封印されているかもしれない宝石竜を探しにきたんだが……それ以外にもなにか情報が手に入ると嬉《うれ》しい」

宝石竜は彼らにとって大事な神であるため、その素材が欲《ほ》しいとはいえない。

だが長きにわたって外の世界から隔離《かくり》されているここなら、なにかないかとアタルが尋ねる。

村長であるリアディスは、この村に住む古代竜人族の中で最も長命であり、立場的に、彼しか知らない情報もあるかもしれない。

アタルはそこに期待していた。

「そうだな……ならば、古い遺跡《いせき》があるからそこに行くといいかもしれないな。ここには古代竜人族しか住んでおらんが、私が生まれるよりもはるか前には他種族もいたことがあると聞いている。その頃《ころ》のなにかが残っているかもしれない」

長命のリアディスよりも更に古い情報となると、それこそ別の神の情報しかないだろう。やはり神と戦うならば神の力を借りるのが最善である。

「よし、そこに行こう」

目的地が決まったとあれば、アタルの決断は早かった。

「決断が早いな……ならば場所を教えよう。私らはあの遺跡に興味はないし、一族としても別段決まりはない。だから出入りは自由にしてもらっていい。ただ、一つだけ問題がある……」

「それはなんだ？」

さほど厳しい表情をしていないのを見ると、きっとなんとかなる問題だろう。

難しい問題だったとしても、アタルたちならなんとかできる。

そう考えながら、問題がなんであるかを問いかけた。

「ここの遺跡は、どうやら私らの遠い先祖が協力して作ったものらしくてな。古代竜人族を含む複数種族での入場が条件になっている」

アタルたちは、人族のアタル、獣人《じゅうじん》のキャロ、神獣フェンリルのバルキアスに、霊獣フレイムドレイクのイフリアの四人パーティである。

複数種族という条件は満たしている。

となると、残りの一つの条件は……。

ここで全員の視線がリリアに集まっており、それに気づいた彼女はきょとんとしながら変な声が出てしまった。

「…………ふえっ？」

「ふむ、この場合リリアが一緒《いっしょ》についていくのが一番いいだろう。なにせ、お前だけがあの状況《じょうきょう》で彼らの味方をしたし、行動に対する信頼が最もあるはずだ」

この言葉にリリア以外の全員が頷いていた。

「えっ？　ちょ、ちょっと待って。私がその遺跡の案内をするってこと？」

これまたリリア以外の全員が頷いた。

「いやいやいやいや、そんな案内なんて私ができるわけがないって！　遺跡のことなんて全然知らないし……！」

ここでリアディスが右手を前に出して、リリアの言葉を制止する。

「リリア、この村から西に半日ほど歩いた場所にあるボロボロの石の建物を知っているな？」

「へっ？　そりゃ知ってるよ？　あそこは小さい頃からの私の遊び場所だもん！　さすが

に中に入ったことはないけど……えっ？　もしかしてあそこが？」

その遺跡ということなのか？　とリリアはリアディスに確認《かくにん》する。

「うむ、というわけで、その遺跡まで案内してやってくれ。ついでに一緒に中に入ってくるといい。私らは頭が固いから、遺跡に入るなんて考えたこともない。しかし、新しいものを受け入れることのできる度量を持っているお前なら適任だ」

リアディスは自分たちを落とし、リリアを持ち上げる。

「え、えへへ、そ、そうかな？」

わかりやすくリリアは照れており、頬《ほお》を赤くしながらまんざらでもない表情になっている。

（ちょろいな……）

これはアタルの心に浮かんだ感想である。

「というわけで、彼らの案内を頼んだぞ！」

「りょーかいっ！」

もうこの段階になるとリリアは上機嫌《じょうきげん》になっており、やる気満々で、リアディスの目論《もくろ》見《み》通りに案内を引き受けていた。

「よし、それじゃあよろしく頼むぞ」

「お願いしますっ！」

『お願い！』

『頼んだぞ』

アタルたち四人もリリアを頼《たよ》っており、それが一層気持ちよくもあった。

「それじゃ、早速《さっそく》行こう！」

そう言って、意気揚々《いきようよう》とリリアが家を飛び出ようとする。

「いや、さすがにそれは急ぎすぎだ。一応この村と遺跡の位置確認はしておきなさい」

早まるな、と引き留めたリアディスは大きな地図を広げる。

「えー、いいじゃない。場所はわかっているんだから、位置確認なんてあっちにある、で十分でしょ？」

頬を膨《ふく》らませながら不満を口にするリリアだったが、アタルたちはそれを無視して話を進めていく。

「ほう、これはすごいな」

それは現在いる村を中心として、蒼鯨全域を網羅《もうら》していた。

「ここが我々の村で、今から行ってもらおうと思っているのがこの遺跡だ。いくつか遺跡はあるが、ここが一番デカいはずだ」

リアディスは少しでもアタルたちにとって有意義な情報が得られるようにと、この遺跡を選択していた。

「村からそこまで離《はな》れていないんだな……」

「うんうん、あそこならわりとすぐ到着《とうちゃく》するはずだよ。小さい頃からいーっつも遊び場にしてたから。でも、あそこがそんな場所だったなんて知らなかったなあ」

彼女にとってはいくつかある遊具の一つのようなものであり、遺跡としての認識《にんしき》はしておらず、今もあんな場所になにかがあるとは思ってもいない。

「それと、この腕輪《うでわ》を持っていきなさい」

リアディスは地図と一緒に用意していた腕輪を手渡《てわた》す。

それは竜の文様が刻まれているものだった。

「……これは？」

わざわざこのタイミングで渡すということは、なにか意味のあるものなのだろうと、アタルはリアディスの真意を探《さぐ》る。

「ただ遺跡に行けば入れるというものではなくてな。古代竜人族が腕輪を身に着け、更に他種族とともに訪《おとず》れることで道が開かれる」

そうでなければ、たまたま訪れた子どもが入れてしまうなどということも起こる危険性があるための措置《そち》だ。

「ふーむ、なるほどな。しかし、なんだってそんな面倒《めんどう》なものを作ったんだ?」

ここには基本的に古代竜人族しか住んでおらず、他種族とともに腕輪を身に着けて遺跡に行くなどというのは、奇跡に近い。

「……それだけ中の守りを厳重にしたいのだろうな。む、そういえばまだなにか書いてあった気がする。確か……」

話しているうちに、別のなにかを思い出したリアディスは、慌《あわ》てて後ろのタンスの引き出しを調べていく。

そして、一冊の手帳を取り出した。

「確かここに……これだ。ふむふむ、やはり、そうだったのか」

それを読んだリアディスは、一人でなにか納得している。

「なあ、一体なにがわかったんだ?」

「おぉ、これはすまなかった。いや、実は他種族と一緒ということだけ覚えていたのだが、正確には違ったようだ」

そう言うと、リアディスは手帳を見せてくれる。

「ここの部分なのだが、古代竜人族と人族の特別な力を持つ者、と書かれている」

「特別な力を持つ者、という書き方は少し漠然《ばくぜん》としていますねっ」

キャロは曖昧《あいまい》な書き方であることに疑問を持つ。

「特別な力ってなんのことなんだろ？　確かにアタルとキャロは特別強いけど？」

リリアはそう言いながら首を傾げるが、それが手帳にある特別な力とイコールであるかはわからない。

「このメモの隣《となり》に記されている暗号のようなものが解読できれば、ヒントになるのかもしれないが……」

「わかった」

頭を捻《ひね》っている三人に対して、暗号を見たアタルは一人納得したように立ち上がった。

「あ、あの、アタル様っ。なにがわかったのでしょうか？」

真剣《しんけん》な表情のアタルにキャロが問いかける。

この状態のアタルに声をかけられるのはキャロしかいなかった。

「ちょっとな、悪いが少し説明しづらいことなんだ。とりあえず、行けばわかると思う」

アタルの視線は遺跡がある方角へと向いていた。

「……ふむ、なにやら事情があるようだな。わかった、これ以上は聞くのはやめよう。リリア、しっかりと案内するのだぞ」

リアディスは言いづらいなにかがあると察すると、話題をきりあげる。

「わ、わかった」

リアディスが納得したのなら、これ以上聞くのは自分もやめたほうがいいのだろうと判断して、リリアも案内に専念することにした。

「近いとは言っても、遺跡までは普通に歩いて半日。急げばもうちょっと早く着くかな」

基本的に、この場所での移動は徒歩以外にない。

「じゃあ、馬車で行くとするか。そうすれば少し早く到着するだろ」

アタルの言葉にリリアの目が輝《かがや》く。

「やった！　また馬車に乗れる！」

彼女は村に向かう時に初めて乗った馬車が気に入ったらしく、再び乗れることを喜んでいた。

「ふう、まだまだ子どもだが、戦う力はそれなりに持っている。迷惑《めいわく》をかけるかもしれないが、あの子のことをよろしく頼む」

はしゃいでいるリリアに代わって、申し訳なさそうなリアディスがアタルに頭を下げる。

「あぁ、大丈夫《だいじょうぶ》だ。それに親が思っている以上に子どもの成長速度は速いもんだぞ」

もちろんアタルは親になった経験はないが、キャロやバルキアスの成長を見ている限りきっとリリアもそうだろうと考えていた。

「アタル！　もういいでしょ、早く行こうよー！」

「ふふっ、アタル様っ。行きましょうっ！」

リリアが急《せ》かし、キャロもそれに冗談《じょうだん》交じりでのっていく。

「やれやれ、歳《とし》の近い友達ができたみたいだな……それじゃ、行ってくる」

「気をつけてな」

リアディスの言葉を背中に受けて、アタルたちは村を出発していった……。

第五話　遺跡探索《いせきたんさく》

「あっ！　魔物発見、倒してくる……って」

　馬車内から魔物を見つけたリリアが飛び出ようとした瞬間《しゅんかん》、幌《ほろ》の上にいるアタルによって魔物は頭部を撃《う》ち抜かれていた。

「あ……れ？」

　あまりの早業《はやわざ》にリリアは驚きと困惑《こんわく》を同時に受けてしまう。

「アタル様が上にいるので、リリアさんはゆっくり座《すわ》っていて大丈夫ですよっ」

　キャロは完全に彼の腕前《うでまえ》を信頼しており、魔物を見つけてもピクリとも反応せずに悠然《ゆうぜん》と手綱《たづな》を握《にぎ》っていた。

「うー、すごいけど、なんか見せ場を奪われたような気がする……」

　アタルたちの実力は身をもって十分に知っている。

　村での戦いでも、アタルの強化のおかげで勝つことができたのもわかっている。

　でも、だからこそ、自力で少しでも役に立つところを見せたかった。

「大丈夫です。リリアさんの力に関しては、私はもちろんのこと、アタル様も認めていると思いますっ」

でなければ、リリアを同行させなかったとキャロは考えていた。

「そういうもんかなあ？　でもでも、少しは私もやるんだぞ！　っていうところを見せておきたいんだよね……」

認められていても、彼女の気持ちはこうなのだから仕方なかった。

そんな風に不完全燃焼《ねんしょう》な道中を過ごすことになったリリアだったが、しばらく進んだところで、状況が変わる。

「リリア！　あいつは何者だ？」

幌の上からアタルが声をかけてくる。

しばらく下を向いていたリリアだが、久しぶりにぱっと顔をあげた。

「……あれはトロール！　まさかこんな場所に、しかも五体も！」

どうやら危険な魔物であるらしく、こわばった表情のリリアの頬を一筋の汗がつたう。

「あのトロールはこの島にだけいる特有の魔物だよ！」

「確かトロールは岩を主食とする魔物だったかと……」

リリアの驚きに、キャロが補足する。

「そう、この島には蒼鯨の力を吸ってできた特別な鉱石がたくさんあって、それを吸収して身体を守ってる。だから、通常のトロールの何倍も強固な皮膚《ひふ》をしているってお父さんが言ってた！」

説明しながらも、リリアは槍《やり》を手にして馬車を降りていた。

「どうするつもりだ？　あいつは、俺《おれ》の弾丸《だんがん》でも簡単には……」

「大丈夫！」

アタルは弾丸を何発か撃《う》ち込《こ》んでみたが、その全てが皮膚を守る鉱石によって弾《はじ》かれてしまっていた。

ちょっとやそっとの攻撃《こうげき》ではダメージを与えることはできない。

そう言おうとしたが、リリアは自信があるらしく、制止を聞かずに走り出していた。

彼女が狙《ねら》うのは少し離れた場所で孤立《こりつ》しているトロール。

他の敵の邪魔を受けずに、一対一の状況を作り出そうとしていた。

「グオオオオオ！」

彼女の存在に気づいたトロールは雄《お》たけびをあげながら、拳《こぶし》を振《ふ》り下ろしていく。

「遅《おそ》い！」

彼女の鋭《するど》い動きに比べればトロールの動きは緩慢《かんまん》に見える。

「無理だ」

それでも、アタルには彼女の槍が皮膚を貫通《かんつう》できるとは思えなかった。

「せやあああああ！」

気合い一閃《いっせん》、繰《く》り出される鋭い突《つ》き。

弾き返されると思われた槍はトロールの皮膚に弾かれることなく、鉱石の隙間《すきま》を縫《ぬ》うようにしてするりと身体に突き刺《さ》さった。

「爆破《ばくは》！」

そして、槍の先端《せんたん》に竜力を込めて、トロールを内側から爆破した。

ちょうど核まで届いていたため、見事絶命させることに成功した。

「よっと、こんな感じかな」

倒《たお》したトロールを放置して、リリアはすぐにアタルたちのもとへと戻ってくる。

他のトロールたちが気づいて行動に移る前に、どうやって倒したのかを伝えておきたかった。

「身体全体が青い鉱石で覆《おお》われているんだけど、胸のあたりの核がある部分が一番分厚くて硬《かた》いんだ」

リリアの言葉に、アタルはスコープで言われた場所を確認する。

「……確かに、他よりも数センチ厚くなっているな」

「センチ……？　まあ、よくわからないけどとにかくあそこが一番強いの。だから、普通はあのへんを狙わないってわけ。でも、弱点はそのすぐ下。わき腹と胸の境目あたり。あの辺に少しだけ薄《うす》い場所があるからそこを……」

「狙えばいい、か。承知した」

方法は伝えた。

しかし、その場所は小さく簡単には狙えない場所にある。

角度的にも正面から狙うのは難しい。

それでも、アタルの自信に満ちた声を聞くと任せても大丈夫だと信じられた。

「それじゃ、まずはこれだな」

アタルが弾丸を数発放つ。

しかし、それらは全てトロールには向かっておらず、木に撃ち込まれていた。

「……えっ？」

自分の言ったとおりにしないアタルの見当違《けんとうちが》いの行動に、リリアは驚いてしまう。

「まあ、見ていろ」

あくまで、これは準備段階だとアタルは暗に言う。

（わき腹を狙うとなると、正面からはなかなか難しいからな）

そして、次にアタルはトロールの顔面めがけて弾丸を放っていく。

「ええっ⁉」

まるで先ほどの助言をなにも聞いていなかったような攻撃に、リリアは再び驚いた。

「大丈夫ですから、見ていて下さいっ」

今度はにっこりと笑ったキャロがリリアに声をかける。

キャロはこれまでずっとアタルとともに戦ってきており、彼が間違《まちが》った攻撃をするはずがないと理解している。

「う、うん」

あまりに自信満々な様子に、リリアは動揺《どうよう》しながらも頷《うなず》いて、視線をトロールへと戻していく。

「それじゃ、さようならだな」

木に弾丸を撃ちこんであり、トロールはこちらを真っすぐ見ている。

この状況を作り出すことが、ここまでのアタルの目的であり、達成できたら次は倒すだけだった。

アタルが引き金を引くと、弾丸が四発発射されていく。

狙うは、木に撃ち込まれている弾丸たち。

「グオ？」

先ほどから何度も見当違いな場所を攻撃しているアタルに対して、トロールは馬鹿にするかのように首を傾《かし》げている。

「グオ……」

しかし、次の瞬間、四体同時に動きが完全に止まってしまった。

「俺が撃ち込んだのは爆発《ばくはつ》の魔法弾《まほうだん》。つまり、身体の中で爆発する代物《しろもの》だ」

その言葉と同時に、トロールの身体は内側から爆発していき、その場に倒れていった。

「………………えっ？」

リリアは先ほどまでのアタルの行動に疑問を持っていた時とは違い、なにが起こったのか理解できずに驚《おどろ》いていた。

「ま、こんなところか」

「はい、お見事ですっ」

アタルが戦果に満足していると、キャロが拍手《はくしゅ》で称《たた》える。

『さっすがアタル様っ』

『我《わ》が契約者《けいやくしゃ》ならこれくらいはやってもらわないとだな』

声を弾《はず》ませたバルキアスはわかりやすく尻尾《しっぽ》を振りながら喜んでいる。

対して、イフリアは素直《すなお》に褒《ほ》めるのは恥《は》ずかしいらしく、視線を逸《そ》らしながらも小さな尻尾が左右にゆれているのが見て取れた。

「な、ななな、なんなの！　今のってどうやったの！」

一方でアタルが何をしたのか全く理解できていないリリアは、強引《ごういん》に乗り出すようにして幌の上に飛び乗ると、アタルに詰《つ》め寄っていく。

「いやいや、前に俺が角の生えた兎《うさぎ》を倒したのは見ただろ？」

この問いに、リリアはコクコクと頷く。

「それの……なんだ、別パターンだな」

知っている者ならなんとかわかる微妙《びみょう》な表現に、リリアは腕《うで》を組んで首を傾げてしまう。

「アタル様っ、それではちょっとわからないと思いますっ。順番に説明してあげるのがいいと思われますっ」

キャロたちは実際になにが起きてああなったのかを理解している。

しかし、リリアが一緒に行動するのは村に向かった時と今だけとなれば、アタルの攻撃に対して理解が及《およ》ばないのは当然のことだった。

「そうだな……じゃあ、順番に説明していこうか。俺の武器はこれだ」

そう言って、まずはライフルをリリアに見せる。

「う、うん、それはわかってる。どんな武器なのかはわからないけど……」

アタルがこの筒状《つつじょう》のものを構えると、次の瞬間には魔物が倒れている。

彼女からすれば、そういうものだという風に見えていた。

魔道具の一種なのだろうという認識を持っている。

「この筒状の先端から、とんでもない速度で弾《たま》が飛び出して相手に命中するんだ。そうだな……弦《げん》を引き絞《しぼ》る必要がなくて、比べ物にならない速度で飛び出る弓矢みたいなものだと思ってくれ」

「は、はあ……」

そんなものは聞いたことがないため、リリアは気のない返事をしている。

「で、これが飛んでいく弾丸っていうものだ」

そう言って、アタルは通常弾をリリアに渡《わた》して見せる。

「へー、こんな小さいのが……」

興味深そうな顔でリリアはマジマジとそれを眺《なが》めていく。

「トロールに出会うまでは、一般的な弾丸で魔物を倒していった。だが、俺の攻撃を防がれて、倒し方をリリアが教えてくれただろ？」

ここでやっと先ほどのトロール戦へと話が繋《つな》がっていく。

「だけど、わき腹って正面からは狙いづらい。実際にリリアが見せてくれた時も、少し斜《なな》めから槍で突いていた」

「……なるほど、最初に威力《いりょく》を抑《おさ》えた弾丸を木に撃ち込んだ。そして、そこに別の弾丸をぶつけることで、反射させてトロールの弱点を狙ったんだね」

今の短いやりとりで、リリアはアタルがやったことを分析《ぶんせき》する。

ここまで頭の回転が速いと思っていなかったアタルとキャロは、彼女の答えに驚いてしまう。

「そ、そのとおりだ。よくわかったな」

「うーん、なんかなんにもないところを攻撃していたけど、話を聞いてみたら色々考えているってわかったからね」

そこで、アタルの行動に全て意味があると考えると、自然とこの結論に至っていた。

「――なるほど……なかなかやるじゃないか」

彼女の分析力にアタルは感心する。

「そう？　別に誰《だれ》でもわかると思うけど……」

ここで調子に乗らないのもアタルとキャロにとって点数が高かった。

「まあ、わからないやつも理解したくないやつも世の中にはいるもんさ。だけど、リリアは違うみたいだ。村で俺たち側についた時もそうだったが、変化を受け入れることに抵抗《ていこう》がないんだな」

年若く、村長をはじめとする年長者の影響《えいきょう》を受けておらず、ちょっとした親たちへの反抗心もあるのだろうか。

リリア自身も理由はわからないが、今ではアタルたちのことも、アタルの武器のことも素直に受け入れていた。

「――だって、そのほうが……楽しいでしょ？」

ニッと笑ってみせた彼女の理由はただそれだけ、とてもシンプルなものだった。

「ははっ、やっぱりリリアは他の古代竜人族とはちょっとタイプが違うみたいだ。どちらかというと、俺たちに近いのかもな」

それはキャロも感じているようで、嬉しそうに隣で何度も頷いていた。

「ふふっ、アタルたちは面白《おもしろ》いから、そう言ってくれるとなんだか嬉しいかも！」

リリアは年頃《としごろ》の少女のあどけなさの残る笑顔《えがお》を見せる。

「あ、そうそう。もう一つ聞いておきたいんだけど、トロールにとどめをさしたのはどうやったの？　普通《ふつう》に撃ち抜《ぬ》いただけじゃ、あんな風に倒せないと思うんだけど」

これまた、リリアはアタルの攻撃を良く見ており、最後の攻撃はそれまでとどこか違うと感じていた。

「それもわかるとはすごいな。最後の弾丸には魔法《まほう》が込められていて、トロールの体内に入ったところで爆発させたんだよ」

アタルは手で爆発の動きを見せる。

「これも、リリアが竜力《りゅうりょく》で体内から攻撃していたのを参考にしたんだけどな」

自分のオリジナルの戦法ではないことをアタルは話す。

「あー、なるほどね。私がやったやつだ……でも、それを瞬時《しゅんじ》に別の形で真似《まね》できるのはやっぱり攻撃手段が豊富だからだね」

感心したような顔をしたリリアは自分のことよりもアタルの凄《すご》さをあげる。

これをきっかけに互《たが》いの戦いのことを話しながら、遺跡《いせき》へと向かって行った……。

しばらくして一行は遺跡に到着する。

かなり古びており、入り口手前の石壁《いしかべ》などは既《すで》に崩《くず》れ落ちていた。

「これはかなり年季が入っているなあ」

「それはそうでしょ。お父さんの年齢《ねんれい》が確か七百歳で、お父さんが生まれる前から既に遺跡はあったっていう話だから」

それを聞いたアタルたちは改めて遺跡を眺める。

数百年どころか、もしかしたら千年以上の時が経過していながらこの状態だとしたら、存外頑丈《がんじょう》だったのかもしれないとすら思われた。

「それだけ古いとなると、もしかしたらなにかあるかもしれないな……」

それこそ神々の情報や力が眠《ねむ》っている可能性すらある。

「楽しみですねっ！」

キャロもこの遺跡には期待感を持っていた。

アタルたちが以前調査のために立ち寄ったエンシェントドラゴンのいた遺跡。

あれと近い印象を持っていた。

「もう少し中に入ると入り口があるから、そこまで行ってみよ」

まずはこのメンバーで中に入れるのかどうか、それを確認する必要がある。

「…………」

ここで、リアディスが持っていた手帳を思い出したアタルは険しい表情へと変化して、なにか考え込《かんが》み始める。

（あの時からアタル様の様子がおかしいですねっ。あの暗号に描《か》かれていた謎《なぞ》の模様を見た時から……）

その変化をいち早く察したキャロだったが、あえて質問はしない。

アタルが黙《だま》っているのであれば、きっと今はそれが正しいか、まだアタルの中で話せるほど整理ができていないことを指し示す。

だからこそ、キャロはアタルから話してくれるのを待つことにしていた。

「あ、あった。多分ここが入り口だと思う。ぱっと見た感じ開いているんだけど、なぜか中には入れないから、ずっとなんなのかと思っていたけど、封印《ふういん》されていたんだね」

ぽっかりと奥《おく》まで暗闇《くらやみ》が続いているように見せかけて、透明《とうめい》な魔力《まりょく》の壁《かべ》がある。

「わあっ、ずっとずっと昔のものなのに今でもこんな風に綺麗《きれい》に結界が維持《いじ》されているんですねっ」

キャロはゆっくりと指を伸《の》ばして結界に触《ふ》れてみる。

すると、バチッと音をたてて弾き返されてしまった。

「ちゃんと機能しているみたいですっ。これはやはり、メモにあったとおりの方法で解除する必要がありますねっ」

キャロはそう言うと、アタルとリリアに視線を向けた。

アタルは人族であり特別な力を持っている、と思われる。

なにより、アタル自身が今回の件についてなにやら自信を持っている様子だった。

そして、リリアは古代竜人族《りゅうじんぞく》である。

この二人がいることで目の前にある結界を解除できるはずだと、背中を見つめていた。

「えっと、それじゃ私が右手をゆっくりと結界に近づけるから、アタルは左手を結界にゆっくりと近づけてね？」

「わかった」

その指示にしたがってアタルがゆっくりと手を近づけていき、リリアもタイミングを確認しながら手を近づけていく。

先ほどのキャロの時のように、結界がバチッと音をたてる。

しかし、二人の手は先ほどのキャロのように弾かれることなく、ピタリと結界に吸いついた。

そしてリアディスから受け取った腕輪がぼんやりと淡《あわ》い白い光を放つ。

「おぉ」

「わぁ」

条件が満たされたため、二人の手がある場所から波紋《はもん》を広げるようにして結界が解除されていき、溶《と》けるようにしてあっという間に結界がなくなった。

「なんか、変な感触《かんしょく》だったな」

「うん、手のひらからぞわぞわって」

二人は手を閉じたり開いたりして、先ほどの感触をなんとか払拭《ふっしょく》しようとしている。

少しして収まってきたところでアタルたちは視線を遺跡《いせき》の中へと向けていく。

「とりあえず入ってみるとしよう。っと、その前にフィンを自由にして、と」

アタルは馬車をフィンから外して、自由に動けるようにしておく。

万が一魔物《まもの》が現れた際に対応できるようにという、いつもの配慮《はいりょ》である。

「これでよし、それじゃいつもどおり危なくなったら退避《たいひ》してくれ。倒せそうなやつだったら、ぶちかましてやれ」

「ヒヒーン！」

アタルの声かけに元気よく返事をすると、邪魔《じゃま》にならない位置に移動していく。

「なにがあるかわからないから、慎重《しんちょう》に進んで行くぞ」

まずはアタルから、そしてキャロ、リリア、バルキアスとイフリアの順番で、結界を越《こ》えた遺跡内部へと足を踏《ふ》み入れる。

「「「「…………!?」」」」

その瞬間、全員が空気の変化を感じていた。

決して嫌《いや》な変化ではなく、身体全体が温かい力に包《つつ》み込まれるようなものだった。

そして外はボロボロだった遺跡は、結界の奥へ進むと千年以上前からあるとは思えないほど、綺麗に保たれていた。

「……前に行った遺跡とは雰囲気《ふんいき》がだいぶ違《ちが》うな」

「はい、あそこはもっと入って来るものを拒《こば》む雰囲気があったように思えますっ」

反対にここは封印解除者を受け入れるような包容力があるように思えた。

「空気もかなり神聖なものだな」

空気中の魔力密度は高いが魔素《まそ》が濃《こ》いというのとは違い、神の清らかな力、神聖力が漂《ただよ》っているかのようである。

「にしても……こんな場所でも魔物はいるんだな」

そう言ってアタルは銃《じゅう》を構える。

その先には動物を進化させたような魔物が数体、姿を現していた。

「アタル様っ、ここは私たちが戦いますっ」

道中での戦いをアタルに全て任せていたため、ここは自分たちの出番だと、キャロ、バルキアス、イフリアが前に出た。

『任せてよね！』

『うむ、ここなら空の高さを気にせずに戦える！』

三人が魔物に向かって走り出す。

「ずるい！　私も行く！」

そのあとをリリアも追いかけて参戦していく。

「さて、それじゃ俺はあとからゆっくりついていくとするか」

ここまでキャロたちは戦闘《せんとう》せずにいたため、身体を動かしたいと思っており、魔物たちに元気よく向かっている。

ここに生息する魔物は蝶《ちょう》、猪《いのしし》、狼《おおかみ》、ハチ、オオトカゲなどのタイプだったが、地上で見るような魔物とは異なる特徴《とくちょう》を持っていた。

「へえ、どの魔物にも竜の鱗《うろこ》みたいなのがあるんだな」

アタルが呟《つぶや》いたとおり、全ての魔物に同一の特徴として、表面が竜の鱗によっておおわれていた。

これは、この遺跡に漂う力が原因だった。

神聖力が強い空間だが、正確には竜力も空気中に交じっており、これを長年摂取《せっしゅ》し続けたことでこんな特徴が自然と発現していた。

「にしても、あの鱗はなかなか硬《かた》いみたいだ……」

広範囲《こうはんい》に鱗があり、通常の攻撃はそれによって弾かれている。

長年蓄積《ちくせき》されてきた力によって、通常の鱗の何倍にも強化されていた。

「くっ、ちょっと数が多いんじゃないの！」

空中を飛ぶ虫系の魔物、地上を素早《すばや》く動く動物系の魔物、地を這《は》いずり回る爬虫類《はちゅうるい》系の魔物と、それぞれタイプが異なる魔物を同時に相手どっているため、リリアはなかなか的確な攻撃ができずにいた。

「まずは一つのタイプに集中して戦って下さいっ！　そうすれば、鱗がない場所や、鱗の継《つ》ぎ目《め》なんかが見えてくるはずですっ！」

実際にキャロは相手の弱点を見極《みきわ》めて、次々に魔物を倒している。

それはバルキアスとイフリアも同様だった。

「そ、そうはいっても！」

キャロたちのようにうまくできないことに、リリアは焦《あせ》りを覚えて防戦一方になってしまっている。

「――リリア、落ち着け！」

アタルが混乱してしまっている彼女《かのじょ》に声をかけた。

今のまま戦わせては危険だということは明らかだった。

「一度こちら側に引くんだ！」

「で、でも……」

さすがに戦闘中に離脱《りだつ》するというのは素直に頷けず、前線にとどまっている。

「いいから下がれ！」

「ひっ！　うぅ、わかった……」

アタルの有無《うむ》を言わせぬ迫力《はくりょく》に圧《お》されて、渋々《しぶしぶ》ながらリリアはアタルのもとへと戻《もど》って来た。

リリアが相手していた魔物はアタルによって倒されている。

「リリア、どうしてうまく戦えなかったかわかるか？」

銃を下ろしたアタルは先ほどとは打って変わって、優《やさ》しい口調で問いかける。

「わ、私が、よ、弱いから……」

この言葉を口にするのに抵抗があり、悔《くや》しさからぎゅっとこぶしを握るリリアは、涙《なみだ》ぐみながら言葉を紡《つむ》ぐ。

「違う」

「……えっ？」

しかし、それをアタルが即答《そくとう》で否定したため、リリアは驚いた表情で彼《かれ》の顔を見る。

悲しみを驚きが上回ったため、涙は自然と引っ込んでいた。

「俺たちとリリアの大きな違いは経験だ。俺たちは色々なやつらと戦ってきた。だから、ああいった多種類の魔物を初めて見てもなんなく戦えるんだよ。リリアが多数を相手したのは、村での戦い以外にはほとんどないだろ？」

静かな口調でそう問いかけるアタルに、リリアは素直に頷く。

きっとこの会話は重要で、自分の成長に繋がると確信していた。

だから余計なことは言わずに、彼の言葉に耳を傾《かたむ》ける。

「だから、何も考えずに突っ込んでいって失敗したんだ。いいか、キャロたちの戦いぶりを見てみるんだ」

キャロたちも最初は共闘《きょうとう》したり、同時に敵を相手取ったりするのが苦手だったのを思い出しながら、アタルはリリアの肩《かた》をそっと戦っている彼女たちへ向ける。

促《うなが》されるようにしてリリアは顔をあげて、三人の戦いを確認《かくにん》する。

空飛ぶ昆虫系《こんちゅうけい》の魔物は主にイフリアが戦っているようだ。

動物系の魔物には、キャロが素早い動きで対処している。

そして、大きなトカゲの魔物はバルキアスが爪《つめ》と体当たりで攻撃していた。

「……それぞれが担当を決めている？」

この答えにアタルはニヤリと笑う。

「いい観察眼だ。だが、ただ担当を決めているだけではあんな風には戦えない」

そう言われて、リリアは再度三人の動きを見ながら、考える。

「…………あっ、戦いの中で動いて場所を入れ替えているんだね！」

「正解だ。俺たち四人はこれまでずっと長く一緒《いっしょ》にいる。だから、相手がなにを得意としているのか、なにを苦手としているのかをわかっている。それと、どんな敵と戦っているのか、どんな攻撃をしてくるのか、そんな特徴も確認している。すると……」

三人は見事な連携《れんけい》で次々に魔物を倒していた。

「す、すごい！」

説明されて三人がやっていることを理解したことで、改めて三人の連携の精度の高さと、そして個々の実力の高さがわかる。

そのことにリリアは感動していた。

「でもな、最初からあんな風にできたわけじゃない。キャロとバルキアスなんか、最初の頃《ころ》はてんでバラバラの動きで、うまく戦えなかったんだからな」

「えぇっ!?」

今の華麗《かれい》な戦い方からは、そんな光景はイメージできず、大きな声が出てしまう。

「ははっ、そんな反応になるよな。その時もさ、バルキアスをこんな風に呼んでキャロの戦い方を見せたんだよ。いやあ、懐《なつ》かしいな」

バルキアスが仲間に加わって、イフリアがいる山を登っている道中のことを、アタルは遠い記《き》憶《おく》を引っ張り出したかのように懐かしむ。

「あの二人にもそんな頃が……じゃ、じゃあ、私もあんな風に戦えるようになれるかな？」

そう言いながら、リリアはキャロたちを指さしている。

「なれるさ。そもそもリリアの戦闘センスはかなり高いと思っている。リアディスの娘《むすめ》だとかそんなのは関係なく、単純にリリアがな」

この言葉に彼女の頬《ほお》は紅潮していた。

褒められる時は、いつも『さすが村長の娘だ』『やはりリアディス様の血は優《ゆう》秀《しゅう》だ』などと必ずといっていいほど、父を引き合いに出されてしまう。

しかし、アタルはリリア個人を見て評価してくれていた。

「トロールとの戦いの時に、リリアは素早い動きであいつの弱点を突いただろ？　あれはいい動きだった。でも、やってほしいのはあの時と同じなんだよ。この魔物たちの弱点を見つけて、そこを突く」

そう言われると、ここに来るまでに自分ができていたことが今はできなくなっていることに気づく。

「なんでできないのか？　その答えは簡単だ。さっきも言ったが経験不足」

すぐに、アタルがリリアの疑問に対する答えを口にしてくれたことで、彼女は自分の未熟さを実感した。

でもそれは悔しいというよりも、とても冷静な感情で、どうすればいいのか、その先を考えられるきっかけだった。

「トロールとは何度も戦ったことがあるはずだ。だが、ここの魔物と戦うのは初めてだし、多数の魔物を相手にするのも初めて。だから、上手《うま》くいかなかったんだ。……じゃあ、初めての相手にはどうしたらいいのか？　それは、さっきリリアがやったことだ」

そう言われて、自分がなにをやったのかを振り返り、すぐに答えに行きついた。

「――見る、こと？」

「正解」

ここでアタルはふっと表情をやわらげてリリアの頭を優しく撫《な》でた。

「わからないことは、見て確認するしかない。相手がどんな攻撃をしてくるのかわかることなんて、ほとんどないからな。キャロたちは戦いの中で確認しながら動いている。リリアは慣れていないわけだから、先に三人が突っ込んでいったところで観察するとよかったんだ。そうすれば……」

「相手の行動パターンがわかる！」

「そう、それだけじゃなく……」

「みんなの動きもわかる！」

打てば響《ひび》くようなリリアの答えにアタルは満足して頷いた。

「よし、行ってこい！」

「うん！」

そしてアタルが背中を押《お》すと、リリアは戦線に戻っていった。

今度はさっきまでとは別人のように動けている。

相手の攻撃を良く見て、キャロたちの動きも感じ取って、そして的確に弱点をつく。

元々攻撃に関するセンスは十分だったリリアは、落ち着いて槍で弱点を狙えていた。

「それにしても、ちょっと魔物の数が多すぎだな。もしかして、これって侵入者迎撃用《しんにゅうしゃげいげきよう》の罠《わな》なんじゃないか？」

キャロたちが既にかなりの数の魔物を倒しているにもかかわらず、減った分の魔物がすぐに補充《ほじゅう》されている。

（入り口の結界が入場条件だとしたら、この魔物は奥に向かうに足る実力があるかを試《だめ》し

ているってところか）

そんなことを考えながらアタルは魔眼で周囲を見回していく。

「どこかに――」

アタルの周辺にはなにもない。更《さら》に範囲《はんい》を広げて見ていく。

「――ん？　あれは？」

アタルが目を留めたのは、遺跡の中になぜかある大きめの岩だった。

魔眼に込める魔力を強くしていく。

「あれだな」

すると、岩から濃い魔力が漏《も》れ出ていることがわかった。

恐《おそ》らく結界が解除されて、アタルたちが遺跡に足を踏み入れた時に起動したのだと思われる。

「そんじゃ、壊《こわ》すとするか」

ライフルを構える。

照準はもちろん巨大《きょだい》な岩。

（あの岩を壊すとしたら……）

むやみやたらに狙うのではなく、アタルが狙うのは破《は》壊点《かいてん》。

こういった岩などは、その点が崩されることで一気に瓦解《がかい》することをアタルは知っていた。そして、彼の魔眼はそれがどこにあるのかを知らせてくれる。

「いけ！」

アタルは弾丸をその一点めがけて発射する。

込めたのは、貫通弾《かんつうだん》。

それに強い回転をかけたジャイロバレット。

ガツンと大きな音とともに岩に弾丸が命中する。

「『えっ？』」

『えっ？』

『むむっ？』

あまりに急に響いた大きな音だったため、キャロたちはもちろん魔物たちの視線も音のしたほうへと向いていた。

「む、ちょっと削《けず》れただけか」

そんな視線はお構いなしとばかりに、アタルが同じ弾丸を岩に撃《う》ち込んでいく。

二発目、ピシッと大きな音が岩から聞こえてくる。

「さすがに一撃《いちげき》で破壊は難しいな」

見事にヒビを入れることに成功したことを確認し、次の一発の引き金を引く。

今度は完全な破壊音とともに岩が真っ二つに割れる。

「あれだな……」

その中には球の形の魔道具が隠《かく》されており、それが魔物を引き寄せていた。

「とどめだ」

これまた同じ貫通弾のジャイロバレット。

ただの岩ではなく、魔道具であり強力な魔力が込《こ》められており、かなり頑丈に作られている。

弾丸《だんがん》は命中して、回転して破壊しようとするが魔道具の硬さに負けて回転が止まってしまう。

「まだだ」

そこに二発目、三発目、四発目の弾丸を撃ち込んでいく。

「おおおー！」

それを見たリリアは、弾丸を弾丸が押し、更にその後ろから弾丸が、更に……という、精密な射撃《しゃげき》を見て、目をキラキラと輝《かがや》かせている。

「よし」

パキン、という音とともにやっとのことで魔道具を破壊することに成功した。

「ふう、これで完了《かんりょう》だな。みんな、あとは残った魔物を倒《たお》すだけだ、頼《たの》んだぞ」

自分の仕事は終わったため、残りはキャロたちに任せて静観を決《き》め込む。

「は、はいっ」

返事をしたのはキャロ。

彼女はすぐに我を取り戻して戦いに戻っていく。

他の三人もそれに続く。

未《いま》だ驚いている魔物たちは不意を突《つ》かれる形となり、あっという間に殲滅《せんめつ》された。

魔道具が破壊されたため、これ以上の増援《ぞうえん》が来ることはなく、残ったのは大量の魔物の死体だけだった……。

「さて、こいつらはどうしたものかな……」

アタルたち以外に立ち入る者は恐らくいないが、このまま死体を放置しておくことは、あまり良くないと考えていた。

魔物の死体は大量に放置すると、徐々《じょじょ》に腐《くさ》り、そののちにゾンビの魔物になってしまうことがある。

そうなってしまえば、この神聖な遺跡が汚《けが》されてしまう。

ちなみに、トロールの死体は核《かく》を破壊したこともあって、道中で燃やしていた。

「あの、マジックバッグに入れていくというのはどうでしょうかっ？　この魔物たちはこの場所特有の魔物なので、きっといい素材になると思いますっ！」

この鱗だけでもかなりの硬度《こうど》であるため、防具に張り付けるだけでも十分な効果を発揮すると思われる。

「そうだな……それじゃリリア、バル、イフリアに集めてもらって、俺《おれ》とキャロでしまっていくぞ」

「はいっ！」

「えっと、うん」

キャロの元気な返事に対して、リリアはなにが行われるのか、わからないまま返事をしていた。

バルキアスとイフリアに至っては、話の流れでこうなることを予想しており、既に動いている。

二人が次々に魔物を集めてきて、アタルとキャロが魔物を収納していく。

「なるほどね」

それに倣《なら》って、リリアも同じように魔物を運んでくる。

アタルが魔道具を破壊するまで、ずっと魔物が集まってきていたため、かなりの数の魔物の死体がある。

それゆえに、全て収納し終えた頃には一時間ほどが経過していた。

「はああああ、やっと終わったああああぁ」

アタルたちはこういった地道な作業も、必要なことであるとわかっていてやっているが、リリアからしてみればなんでこんなことをするのか理解できない。

結果、無駄《むだ》に疲労《ひろう》がたまってしまっていた。

「いやいや、助かったよ。慣れていないのにきっちり種類を分けて並べてくれたし、損傷の大きい部分は先に弾《はじ》いてくれていたし、助かったよ」

「さすがリリアさんですっ！」

「べ、別に、あれくらい誰だって！」

アタルとキャロが素直に褒めると、リリアは頬を赤く染めてそっぽを向いてしまう。

「とりあえず新しく魔物が近づいて来ることもないし、仕掛《しか》けられている罠にさえ気をつければ安全に向かえそうだな」

作業中に、一度も魔物が来なかったことから、先ほどのような仕掛けがない限りはこの魔物との戦いは避《さ》けられそうだった。

「えー、別に来たら倒しちゃえばいいんじゃない？」

やっと多対多の戦いに慣れてきたリリアは、完全にものにするために、もっと経験を積みたいと思っていた。

「まあ、あまり時間をかけたくないんだよ。この遺跡に何があるのかもわかってないからな……」

まだまだ、ここは遺跡に入ったばかりの場所であり、この先に強力な魔物が待ち受けている可能性をアタルは考えていた。

「た、確かに……」

先ほどのような魔物くらいなら、アタルたちであれば簡単に対処できるが、それを上回る敵が、さらにそれを超えるような魔物が現れる可能性もある。

そう考えると、油断することはできない。

「まあ、そういうわけだから、慎重に進んで行こう」

ここからは全員が得意な感知方法で罠を探《さぐ》りながら奥に向かうことになる。

アタルは魔眼で隠されたなにかを重点的に見ていく。

キャロは音で、バルキアスは匂《にお》いで、イフリアは魔力の変化で、そしてリリアは空気の変化でおかしなことがないかを確認していた。

結論から言うと、同じような罠はいくつも設置されており、遠距離攻撃《えんきょりこうげき》で事前に破壊することで、魔物との戦闘を回避《かいひ》して進んでいた。

「なんだか拍子抜《ひょうしぬ》けだね」

リリアはもっと戦いたかったため、口をとがらせながら不満そうな口調でアタルのすぐ後ろをついてくる。

「まあ、そう言うなって。戦いっていうのは案外そういうものだ。自分が戦いたい時には機会がなくて、休みたい時に限って降りかかってくる」

アタルはこれまでに、何度か急な戦闘に巻き込まれた経験があるため、こんな風に言う。

「……そういうものなの？」

蒼鯨《そうげい》の背で魔物と戦った程度の経験しかないリリアは、アタルの経験からくる重みのある言葉に興味を持っている。

「急に魔物が襲《おそ》ってくるなんてことはわりとよくあることだからな……」

言いながら、何かに気づいたアタルは急に足を止める。

「わぷ！　ちょ、ちょっと急に止まらないで……どうかしたの？」

アタルの背中に鼻をぶつけてしまったリリアは文句を言おうとしたが、アタルが驚《おどろ》いた表情で壁を見ているため、何かあったのかと尋《たず》ねる。

「アタル、様？」

それはキャロも同様であり、彼の名を口にした。

「これ……」

アタルが指さした先には壁画《へきが》があり、そこには文字が刻まれている。

『なんだ、この文字は？』

イフリアは恐らくアタルがこれまで会った中で、最も年齢が高く、知能も高い。

しかし、そんな彼ですら、その文字を読むことはできなかった。

「確かに見たことのない文字です……リリアさんはどうですか？」

古代竜人族に伝わる文字である可能性を考えて、キャロが問いかける。

「うーん、初めて見たかな」

彼女も自分の記憶をたどってみるが、どこにもない文字である。

「〝よく来た。同胞《どうほう》よ〟」

だがただ一人、アタルはその文字を読むことができていた。

「知っているのですかっ？」

キャロの質問にアタルは無言で頷《うなず》くと、そのまま奥に進んで行く。

「〝この壁画が作られたのは、聖王歴百年のこと〟」

アタルは壁に書かれた言葉をなぞるようにして口にする。

「えっと、確か聖王歴は既に使われていなくて、今から計算すると……多分千年以上前だと思いますっ」

それだけ、この遺跡が作られたのが古いことを表している。

（これが千年以上も前に……）

困惑《こんわく》するなか、アタルは謎の解明を求めて更に奥へと歩を進めていく。

吸い寄せられるように歩いていくアタルの背を見るキャロたちは顔を見合わせて、いろんな疑問を抱《かか》えながらも、とにかくアタルのあとに続いていく。

道しるべのように壁に記された文字をたどるようにして進んでいくと、最奥《さいおう》らしき部屋に大きな石碑《せきひ》が置かれていた。

『〝この文字を読める者に伝えたいことがある〟』

そう始まる石碑の文章は、物語でも書いてあるかのように長い文字がつづられていた。

「ちょっと長いから集中して読ませてもらうな」

それだけ言うと、アタルは石碑読みに没頭《ぼっとう》していった。

読んでいるアタルの表情は険しく、読み進めるにつれてその表情は更に厳しいものへと変化していった。

キャロたちには理解できない文字であるため、周囲への警戒《けいかい》もしつつ、アタルの作業を静かに見守っていた。

何度も読み直したため、アタルが石碑から離《はな》れるまで一時間ほどかかっていた。

「はあ……なるほどな、そういうことなのか」

満足、納得《なっとく》したアタルはため息をつきながらゆっくりと数歩下がる。

「アタル様っ！　大丈夫《だいじょうぶ》ですか？」

ふらつく彼をキャロが隣《となり》から支えてくれた。

「あぁ、少し疲《つか》れただけだから大丈夫だ」


石碑には次のように記されていた。


『この世界では異世界より勇者を召喚《しょうかん》する儀式《ぎしき》が行われている。この石碑を残した私自身も例に漏れることなく、こちらの世界の召喚魔法《まほう》によってこちらに呼び出された。日本で社会人をしていたのだが、ある日道を歩いていると視界が光に埋《う》め尽《つ》くされて、気づけばある城に呼び出されていた』

石碑の文章の始まりは、どこか理不尽《りふじん》な世界に対する怒《いか》りと悲しみが感じられた。

アタルは神によってこちらの世界に転生という形での移動となった。

それは人生を終えてしまったアタルに対するボーナスタイムのようなものである。

しかし、強制的に召喚されてしまった彼らからすれば誘拐《ゆうかい》同然であり、憤《いきどお》る者もいたことは容易に想像ができた。

『どうやら誰《だれ》でも召喚できるわけではなく、多大な魔力と、王家に連なる者の命が必要となるため、数十年に一人呼ばれるかどうかというレベルの魔法だった。しかし、私が召喚された当時は、各国で異世界勇者の召喚がさかんに行われていた』

それだけ多くの勇者がいれば、自分の国の勇者こそが本物だ、と争いになるのは目に見えている。

『国によっては勇者を都合のいい駒《こま》として使い、人間扱《あつか》いをしてくれないこともあった。私もほぼ同じような扱いを受けてきたが、幸い私は魔力が強く魔力量も多かったことで、彼らから逃《のが》れることができた』

だからこそ、こんな遺跡を残すことができていた。

『私は人生をかけて各国を旅して、同じように召喚された者たちを集め、協力を依頼《いらい》した』

何を？　という疑問の答えは次の文章ですぐにわかる。

『――この世界から召喚の儀式の情報を消去しよう――』

自分たちのように不意にこちらの世界に呼び出された召喚被害者《しょうかんひがいしゃ》が出ることを防ぎ、その方法自体をなくすために、彼らは行動する。

『勇者として召喚された私には強力な魔力があり、仲間もそれぞれが特別な力を持っていた。そんな我々が徒党を組めば各国の軍勢ですらまともに戦うことはできず、我々は召喚の儀式の情報を全ての国から消去することに成功した』

この石碑には悲痛な思いが丁寧《ていねい》に長い文章で書かれ、静かに締《し》めくくられていた。

これらを全て読み終えたアタルの全身に疲労感が襲いかかっていた。

(俺以外にもこっちの世界に来ていたやつらがいたのか……)

アタルはこちらの世界に来てから各国を回っていたが、召喚の儀式や異世界人については一度もきくことはなかった。

そのことは彼らが確実にその情報を消去することができたことを表している。

「……俺よりも先に来た人たちは、運命に抗《あらが》って、のちの世界の運命を全力で正してくれたんだな」

ぼんやりと石碑を眺《なが》めながら、アタルはキャロたちに聞こえないように小さく呟いた。

そんな先人たちに感謝と労《ねぎら》いの思いを抱えたアタルは、ゆっくりと石碑に手を伸《の》ばす。

その瞬間《しゅんかん》、ピシッと音をたてて石碑にヒビが入る。

「……っ！」

力は決して入れておらず、本当にただ触《さわ》っただけだった。

だが石碑に入ったヒビはあっという間に全体へと広がっていき、やがて石碑は完全に崩《くず》れ去ってしまうことになった。

「……これは、予定調和なのか？」

劣化《れっか》による崩壊《ほうかい》なのか、やはりアタルが触《ふ》れたための現象なのかアタルが確認しようとするが、既《すで》に完全に崩壊した石碑は粉々になってしまい、情報を引き出せない。

「まさか、こんなことが……」

これではアタルには情報が伝わったが、あとに続く者たちへ情報を残すことはできなくなってしまった。

「あっ！　アタル様、奥《おく》を見て下さいっ！」

彼らの苦労を水の泡《あわ》にしてしまったような喪失感《そうしつかん》に打ちひしがれているアタルの耳にキャロの弾《はず》むような声が届く。

石碑によって隠されていたが、崩れ去った石碑の奥には小部屋があるようで、その中央には魔《ま》法陣《ほうじん》が設置されていた。

『ふむ、あの魔法陣はおそらく過去の記憶を記録したものだろう。もし、聞かれたくないことがあるのであれば、我々はこちらで待機しているが……』

これまでにもアタルが他の者たちとは圧倒的《あっとうてき》に異なる存在であることを彼らは感じていた。

そして、それをあえて話さないようにしていることも。

だからこそ、それを知ることになるかもしれないと感じたイフリアは、そんな風に提案してくれた。

「……いや、みんなも来てくれ。そろそろ俺のことを話してもいいだろう」

これはこの世界に関わることであり、みんなと情報を共有しておきたかった。

その中でアタルのことが知られるのもいいとすら思えていた。

「わかりましたっ！」

『行こう！』

『うむ、そうだな』

キャロ、バルキアス、イフリアはアタルの言葉を聞いて、それ以上の言葉は口にせずにただついていく。

「……えっと、私は行かないほうがいいのかな？」

一人場違《ばちが》いな気持ちになったリリアは居心地《いごこち》悪そうに視線を泳がせている。

付き合いの短い自分が同行するのは、空気を読んだ限りでは違うのではないかとリリアは困った様子だ。

「いや、大丈夫だ。リリアも一緒にいてもらって構わない」

そんなリリアを見たアタルはふっと表情をやわらげて手招きする。

彼女は戦闘好きという特徴から、雑な性格だと思われがちだが、ここに来るまでにその聡明《そうめい》さをアタルは感じていた。

そして、おいそれと仲間の秘密を口にするような不義理をする人物とも思えない。

そう感じ取った自身の人を見る目を信じることにした。

「……わかった！」

アタルの言葉に心のモヤモヤが晴れたリリアも、ぱっと花開くような笑顔《えがお》で小部屋へと移動していく。

「ふう、それじゃ先輩《せんぱい》の話を聞かせてもらうとするか」

最後にアタルが部屋に入ると、それが合図になっているようで、青く光《ひか》り輝き、魔法陣が起動する。

これは転生者や転移者に反応する仕組みになっていた。

魔法陣がぼんやりと青く光を放つと、そこから人の姿が浮《う》かび上がる。

その人物は黒髪《くろかみ》黒目の青年で、魔導士のローブを身に纏《まと》っていた。

穏《おだ》やかな人を思わせる垂れ目の優しい顔立ちだ。

『あー、あー、これで大丈夫かな？　ねえ、これってちゃんと録画されてる？』

『大丈夫だから、さっさと本題に入れ！　俺たちのこの会話も全部入っちゃってるんだからな！』

画面の外から急《せ》かすような誰かの声が聞こえてくる。

それは彼と同じく異世界より召喚された、彼の同志だろうと予想できた。

『えっ？　本当に？　それじゃ、早速《さっそく》……ゴホン――これを見ているということは、異世界から来た誰かがこの部屋に入ったということだと思う』

アタルはその言葉を聞き逃すまいと映像に集中しているが、他の面々は初めて聞く話に驚いて一斉《いっせい》にアタルの顔を見ている。

だがアタルは目の前の映像に見入っていて、真剣《しんけん》な眼差《まなざ》しを逸《そ》らすことはない。

『本当は、さ。この映像は誰の目にも触れないことを願ってた。でも、来たからには色々と伝えておかないといけないから……』

無駄にならなかったことが少し嬉《うれ》しく、だけど誰か――つまりアタルがこの映像を見てしまったということは、地球から誰かが来てしまったことを意味してしまう。

だからこそ、彼の表情は憂《うれ》いを帯びていた。

『まあ、見てしまったからには僕《ぼく》に話せることは話しておこうと思う。あ、一応自己紹《しょう》介《かい》をしておくと、僕の名前は山本幸助《やまもとこうすけ》、向こうでサラリーマンやってました』

彼が笑顔で口にする日本名――それはアタルに懐かしさを感じさせる。

『撮影班《さつえいはん》が早く話せと急かすから本題に入っていこうと思う。部屋の前に設置した石碑にも色々書いてあったと思うけど、改めて僕の口から話すね』

漏れがないようにと、幸助は話す内容を一枚の紙にまとめており、それを確認しながら話していく。

『この世界にはいくつもの国があり、多くの国に勇者召喚の儀式についての伝承が残っていた。僕は同じように異世界から召喚された仲間とともに、その伝承を潰《つぶ》していった』

一つの国だけでも大変だっただろうに、彼らはその全てに対処していた。

『言葉で言うのは簡単だけど、実行するのはなかなか大変だったよ。本になって残っていた場合には本を全て燃やし、コピーされたものも探し出して燃やした。口伝で残されているものに関しては、記憶のある者の命をうば……うわけにはさすがにいかないから、それに関する記憶を消去したんだ』

一瞬《いっしゅん》殺したのかとアタルもドキッとしたが、彼は優しそうな見た目のとおり、そんなことはしていなかった。

『儀式の場が存在するものは召喚効果を消滅《しょうめつ》させてから封印《ふういん》して、と時間はかかったけど僕たちみんなで力を合わせて世界中の国から異世界召喚の方法は消えていったんだ……』

これに対してアタルは称賛《しょうさん》の思いだった。

情報を全て削除《さくじょ》するというのは並大抵《なみたいてい》のことではない。

恐らくそこに関しては、彼らの中の誰かがそういった能力を持っていたのだろう。

「すごいな……恐らくだけど、俺以外にはこっちの世界に来たやつはいないと思う」

思わずそうつぶやいてしまうほど、彼らの努力は称《たた》えられるべき功績だった。

それは、こちらに来てから召喚された異世界人の話や、異世界から人を召喚する方法が一度も耳に入っていないことからもわかる。

『で、この映像を見ている君は、きっと特別な事情があってこれを見ていることだと思う。だからこそ、できれば召喚であってほしくないなあ……』

彼《かれ》は自分で言いながらガックリと項垂《うなだ》れてしまう。

『おい！　撮《と》ってるんだから、落ち込んでないで続きを話せ！』

映像外の誰かに彼は叱《しか》られている。

『あ、あぁ、ごめんよ。で、まあ君が召喚以外の特別な方法でこちらの世界に来たと仮定して、この世界から召喚の儀式についての知識がなくなっていることを前提に、どうしても僕らには気がかりなことがあるんだ……』

ここにきて一番真面目な表情になる。

映像のあちら側の空気が静まりかえっているのが、こちら側にも伝わってきていた。

『――魔界《まかい》』

たった一言、この世界にある場所の名前を口にしただけなのに、空気が重く感じられる。

『あそこには一つ魔国と呼ばれる魔王が支配する国があるんだ。さすがに僕たちでもあそこに行くのはなかなか難しくてね……全ての国から、と言ったけど魔界だけはちょっと例外でさ』

魔界とは魔族が住む場所であり、基本的にはこちら側と交流はなく、こちら側の人物が足を踏《ふ》み入れることすら考えられないほど、困難だった。

『一応魔界にも協力者がいてね。彼らがなんとかしてくれたことを願っているんだけど、成功しても失敗しても連絡《れんらく》はないってことになっているから、結果がわからなくて……』

かなり重大なことを言っており、もしなんとかできてなければ魔界側に召喚の技法が残っている可能性があり、それが事実であればなにが起こるかわからない。

『きっと、君はそんな召喚された者と戦うことになるかもしれないのか……って、困っているかもしれないね』

勇者として召喚された者には特別な能力があることはわかっている。

きっとその人物はアタルとは異なるその力を持っており、対決するとなるとかなりの危険を伴《ともな》うのはわかりきっている。

『――でもね、僕たちが心配しているのは別のことなんだよ』

ここで彼の表情は今まで以上に険しくなる。

異世界から勇者が召喚され、それと戦うことよりも心配しなければならないこと、そんなことが想定されるというのは驚異的《きょういてき》な危機と考えられる。

『それに関しては……』

『おい、もう時間だぞ！』

『えっ？　あっ、もうそんな!?　えっと、他にも、こういう遺跡《いせき》を世界に残しておくから……！』

そこまで言ったところで、ぷつんと映像は切れてしまった。

「――って、おい、なにを心配していたんだ！」

大きな問題について口にしようとしたところで、映像が終わってしまったため、アタルは普段《ふだん》からは考えられないような大きな声で突っ込んでしまう。

「……たくっ、なんか楽しそうだったのもちょっとむかつくな」

静まり返った小部屋で、アタルはもどかしさと複雑な気持ちでぼやく。

アタルはこっちの世界に来てからずっとお客様だった。

もちろんキャロたちのことを大切に思っていたが、それでもどこかで孤独感《こどくかん》を抱くこともあった。

自ら話していなかったというのもあるが、本当の自分のことを知っている人間がいないなと思っていた。

しかし、映像の彼らは苦しい状況《じょうきょう》にはいたが、同じ境遇《きょうぐう》の仲間で集まって行動をしており、仲間であり、家族であり、そして同郷の士だったことが伝わってきていた。

「ふふっ、アタル様もそんな風に言うことがあるんですねっ」

最初に声をかけてくれたのは、眩《まぶ》しいほど優《やさ》しい笑《え》みを浮かべたキャロだった。

アタルが彼らのことを少し羨《うらや》ましがっているのは、旅を始めたばかりのころからずっと一緒《いっしょ》にいたからこそ、キャロにも伝わっていた。

自分ではアタルの全てを理解してあげられないこともわかっていた。

それら全てをひっくるめて、彼女《かのじょ》が出した絶対の答えが一つだけあった。

「アタル様っ、私はずっとずっと一緒にいますから安心して下さいっ。アタル様の故郷のことを一緒になって話すことはできませんが、こちらの世界に来てから今までの思い出はずっと共有していますから！」

胸を張って自信たっぷりの彼女は、飛び切りの笑顔でそう言い切った。

これはキャロにとって誇《ほこ》るべきことであり、アタルとの大切な思い出だった。

『あっ！　ぼ、僕もそのあとからずっといるからね！』

割《わ》り込むように入ってきたバルキアスも慌《あわ》ててアタルたちと長いこと一緒にいることをアピールする。

『ふむ、我は契約《けいやく》しているからな。それだけでも強い繋がりを持っているぞ』

ぴょいっと飛んできて、胸を張りながらどこか誇らし気《げ》に言うイフリア。

そんな風に三人に言われて、アタルは一瞬キョトンとしたあと、緊張《きんちょう》が解けたかのようにふっと笑う。

「そうだな、確かにみんなとはずっと一緒にやってきたよな」

思わず彼らのことばかりに意識が向いていたが、この世界に来てから、アタルの中にもキャロたちとのこれまでの思い出が数えきれないほど浮かび上がってくる。

それは、決して映像の彼らに負けるものではなく、濃《こ》い思い出を共にしてきた。

「うーん、ちょっと妬《や》けるなあ」

一人不貞腐《ふてくさ》れたような顔で、蚊帳《かや》の外にいるのはリリアだった。

せっかく輪に入れてもらったものの、映像の彼らの話は結局よくわからなかった。

そして、出会ったばかりでアタルたちとの思い出もない。

そんな彼女は、ここで一人疎外感《そがいかん》を強く受けてしまっていた。

「悪かったな。こんなことに付き合わせたせいで、余計な想《おも》いを抱えさせてしまったな」

ぽんっとなだめるように頭を撫《な》でながらリリアに謝罪すると、アタルは改めてみんなへと向き直る。

「まあ、そういうわけで俺はここに別の世界から来た人間なんだ。俺の場合は、召喚じゃなくて、向こうで死んでこっちに生まれ変わるっていう形だけどな」

別の世界の人間と、改めてアタルの口から聞いたことで、そっちの世界のことを聞きたいとキャロたちが質問しようとする。

しかし、アタルの表情が急に深刻そうなものに変わったことで、言葉をのみ込んだ。

(待てよ、魔界の情報が対処されたか確証がないって言っていたな。魔界といえば魔族、魔族といえばラーギル……あいつはなんであんな風に暗躍《あんやく》しているんだ？　なぜ、宝石竜《りゅう》の魔核《まかく》を集めているんだ？　本当に最後の宝石竜を呼び出すだけなのか？)

先ほどの映像の話と、これまで何度も戦ってきた魔族の男ラーギル。

その二つがアタルの中でなぜか結びつこうとしていた。

「――みんな、急いで村に戻《もど》るぞ！」

なにがなんでも宝石竜のことをリアディスから聞き出さなければならない。

そう確信したアタルが遺跡を出ようとした瞬間。

「な、なんだ⁉」

「きゃっ！」

「ゆ、揺《ゆ》れてる！」

急に立っていられないほど、遺跡が大きく揺れ始めた。

第六話　蒼鯨急襲《そうげいきゅうしゅう》

大きな地震《じしん》とともに遺跡の天井《てんじょう》がぽろぽろと崩れ落ち、アタルたちが逃《に》げ出した次の瞬間には、小部屋の魔法陣が埋もれてしまう。

「くそっ、イフリア！　全員を乗せて飛んでくれ！」

『承知した！』

「みんな、イフリアにつかまれ！」

「えっ？　ええっ？」

このまま走って逃げることも考えたが、崩壊のスピードが想像より速い。

逃げ遅《おく》れる可能性を考えてアタルはそう声をかけると、イフリアはすぐみんなが乗れるように巨大化《きょだいか》する。

アタルの言葉にキャロとバルキアスはすぐに飛び乗ったが、慣れていないリリアはどうしたものかと困惑しているため、アタルが強引《ごういん》に腕《うで》を引いて無理やり乗せる。

「いけ！」

遺跡が崩れるなか、アタルたちは急いで遺跡の中を抜《ぬ》けていく。

猛《もう》スピードで動いているため、全員身体を伏《ふ》せていた。

「邪魔《じゃま》する魔物は俺が倒す。キャロ、俺を繋ぎとめてくれ」

「はいっ！」

こんな時でも入り口近くになってくると、魔物が襲ってくる。

アタルは身体を起こして、ライフルを構える。

そんな彼をキャロが抱《だ》き着いて支えることで、固定砲台《ほうだい》になっていた。

魔物はほとんど現れなかったが、それでも数体が進路を塞《ふさ》ごうとしてきたので、アタルが一撃で撃ち抜いて排除《はいじょ》していく。

「いけ！」

「イフリアさんっ、頑張《がんば》って下さいっ！」

『いっけええええええ』

そして、勢いは一度も落ちることなく、そのまま外に飛び出ていく。

「うわっはあ！」

ものすごい勢いで飛び抜けた後、急激に変わった空気と疾走感《しっそうかん》から笑顔になったリリアからはそんな感動の声が飛び出ていた。

後ろを振《ふ》り返ると、遺跡がボロボロと崩れ始めているのが見える。

「今のすごかったああ！」

こんな経験をしたことがないため、はしゃぐように声を弾ませているリリアは今も胸がどきどきしていた。

「そんなことより見るんだ！」

アタルが指さしたのは遺跡ではなく、この島全体。

遺跡だけが揺れているのだと思っていたが、何かが悲痛に苦しむような遠吠《とおぼ》えに似た声とともに島全体が大きく震《ふる》えていた。

「揺れていたのは遺跡ではなく、クジラさんだったのですねっ！」

「こんなことは今までにもあったのか？」

「な、ないよ！　こんなの初めて見た……でも蒼鯨が苦しんでるのはわかる！」

小さく首を振ったリリアは動揺《どうよう》しながらも、クジラの声を耳にして、蒼鯨になにかが起きているのだと判断する。

「イフリア、結界の外に出ないくらいの高さをキープだ。みんな、なにか変化がないか確《かく》認《にん》しろ！」

アタルに言われ、全員が能力をフル活用して揺れの原因を探るべく、状況把握《じょうきょうはあく》に努めていく。

その中で、アタルは魔眼《まがん》で外を見るようにしていた。

蒼鯨が揺れている。

つまり蒼鯨自身になにか影響《えいきょう》が起きているということを示しているはずだとアタルは思った。

これまで安定を保っていた蒼鯨に何かがあるとしたら、外的要因である可能性が高い。

もしかしたら蒼鯨が外から攻撃《こうげき》されているのではないか？　と考えた。

「なあ、外から感知できない蒼鯨が攻撃されるとしたらどういう時だ？」

蒼鯨を覆《おお》う結界の外からでは、中を認知《にんち》できないのはイフリアが確認している。

つまり、通常は攻撃できないはずである。

「えっと、聞いたことしかないけど、同種の存在、つまり、スカイホエールなら結界を中和して攻撃できると思う……多分」

それを聞いて、アタルはスコープと魔眼を使って蒼鯨の更《さら》に外側を確認していく。

「…………いた。数は、恐《おそ》らく四だな。蒼鯨よりサイズはだいぶ小さい、身体は黒色。闇《やみ》の魔力《まりょく》を纏っている」

それが蒼鯨の北方、南方、西方、東方からやってきていた。

「多分それ、黒鯨《こくげい》だと思う！　スカイホエールの中でも凶暴《きょうぼう》だって聞いたことがある。でも、どの種でもそうだけどスカイホエールはこんな風に群れて行動することはないっておじさんが言っていたはずなんだけど……」

リアディスは長い間生きているため、ずっとリリアはその危険性を教わってきた。

だが、今回の黒鯨たちは統率《とうそつ》されているかのように、同じタイミングで攻撃してきている。

「ということは、誰かの意思が介在《かいざい》している可能性が高いな」

ぐっと顔をしかめたアタルは嫌《いや》な予感を覚える。

「とにかく、村にも情報を伝えよう。イフリア、馬車を回収してくれ！」

『うむ！』

とにかくまずは村に戻って、どう対処するのかを考えることにする。

村に到着《とうちゃく》すると、慣れない地震に襲われた古代竜人族《りゅうじんぞく》たちが混乱の中、慌てふためいている。

「リアディスの家に行くぞ」

「はいっ！」

「う、うん」

現状をどこまで把握《はあく》しているかはわからないが、これだけ大きなことになっていれば、きっと話し合いを始めているはずである。

事実、リアディスの家には村のなかでも重鎮《じゅうちん》と呼ばれている者たちが集まっていた。

「失礼する」

アタルが先陣《せんじん》をきって、家の中に入っていくと、全員が厳しい顔をして唸《うな》っていた。

「貴様、今は重要な会議中だぞ！　出て行け！」

重鎮の一人がアタルたちを追い出そうとするが、アタルが睨《にら》みつけると一歩下がる。

「俺《おれ》たちがよそ者だから、追い出したいのはわかる。無用な戦いもしたわけだしな」

そう言ってから、アタルは参加している面々の顔を順番に見回していく。

「だけど、あんたたちはこうやって、文字どおり角突《つのつ》き合わせて話し合いをして、なにか進展はあったのか？」

このアタルの質問に答えられる者はおらず、リアディスですら渋《しぶ》い顔をしている。

「やっぱりな。とりあえず、変なプライドは捨てて俺たちの話を聞いてもらえないか？どうして蒼鯨がこんなに揺れているのか、俺たちは理由を知っている」

「なっ!?」

アタルの言葉にリアディスをはじめとした竜人たちは驚き、思わず同族であるリリアの顔を見てしまう。

それに対して彼女はそのとおりだ、と深く頷いていた。

「俺の眼はちょっと特別で、遠くを見ることができる。かなり遠くまでな。それで、この蒼鯨の周囲に何かがあるんじゃないかと思って確認したんだ」

その結果を早く言ってくれと、リアディスたちは息をのんだ。

「――蒼鯨に攻撃が仕掛《しか》けられている」

「そんなことはありえない！」

竜人の一人が立ち上がってアタルの言葉を否定する。

しかし、リアディスはその可能性があることに思い至った様子で、険しい表情になっている。

「ありえる……」

そして、ポツリと呟《つぶや》くと全員の視線がリアディスに集まった。

「そうだ、ありえるんだよ。蒼鯨を襲っているのは黒鯨だ」

「やはり……」

リアディスは嫌な予感が当たったことで渋い顔をしている。

他の竜人たちも、知っている者は厳しい表情になっていた。

「言っておくが、黒鯨は全部で四体だからな」

「そんな！」

アタルからもたらされた追加情報にリアディスは立ち上がって驚《おどろ》いている。

（リリアが言っていたのと同じ理由で驚いているみたいだな……）

群れて行動しない黒鯨が四体揃《そろ》って襲《おそ》いかかってきている。

それは何百年も起こりえないほど、ありえないことだった。

「とりあえず驚くのはあとにしてくれるか？　現実問題、黒鯨は四体同時に、ここを中心に東西南北の四方向からやってきている。同じスカイホエールだから、蒼鯨《そうげい》を攻撃することもできるんだろ？　それで、俺たちが考えなきゃならないのは、なぜこんなことが起きているのか？　じゃないはずだ」

アタルに言われて、リアディスはハッとする。

「そ、そうだ、早くなんとかしないと蒼鯨が傷ついてしまう！　みんな、早々に動くぞ！」

リアディスの宣言に竜人たちが立ち上がろうとする。

「待てって！」

アタルの声に彼らは動きを止める。

「あんたたちで黒鯨を倒《たお》せるのか？　蒼鯨に比べて小さいとはいえ、俺らからしたらかなりデカいんだぞ？」

本物のクジラよりも大きく、人など豆粒《まめつぶ》のようである。

「わ、我々も飛行能力は持っている！　たとえ相手が大きくとも、力を合わせれば！」

アタルたちと戦った全員が揃えば、黒鯨とまともにやりあうことができる。

竜人の一人はそう判断している。

「四体いるのにか？」

「うっ」

彼が考えていたのは、全員で一体と戦うことであり、残りの三体は計算に入っていない。

「はあ、まあそういうところだよな。仮にそれで一体倒せたとして、すぐに次に向かえるのか？　そもそも一体あたりにどれだけ時間がかかるのか。そういう部分も考えてこその作戦なんじゃないのか？」

アタルの言葉は鋭《するど》く、全員の胸に突《つ》き刺《さ》さっており、誰からも次の言葉が出てこない。

「そもそも、どうやって攻撃を当てるんだ？　蒼鯨は結界をまとっていて、でもあいつらからは攻撃をすることができる。その理由は恐らく同種であることで、結界を中和しているんだろうさ。だが、こっちの攻撃は結界に遮断《しゃだん》されるんだろ？」

これは確かに決定的な問題であるため、全員が下を向いてしまう。

四体を同時に、しかも結界に対処しながら戦う。

そんな方法は誰も持ち合わせていない。

「言っておくが、俺たちも結界越《ご》しに攻撃する方法は持っていない。さて、どう対処すればいいのか……」

アタルは答えがわかってはいるが、あえてリアディスに委ねる。

「いや、方法はあるが、しかしだな……それは……」

リアディスは、アタルと同じ結論にいたってはいるものの、それを口にするのははばかられる様子である。

「お父さん、このままだと蒼鯨は死んじゃうよ！　今でも、苦しいって声が聞こえてくるでしょ！」

今も蒼鯨は悲痛な鳴き声をあげており、それは確かに苦しんでいるように聞こえる。

「……わかった。蒼鯨に声を届け、結界を解除してもらう。村長は代々蒼鯨と繋《つな》がっており、声を届けることができるのだ」

これはアタルが想定したとおりの流れであり、結界を解除することで次に進むことができる。

「よし、それじゃ結界の解除はそれでいいとして、次の段階を考えていくぞ」

既にこの場の主導権はアタルが握《にぎ》っており、全員が彼の言葉に耳を傾《かたむ》けている。

「まず、南の一体はあんたたち竜人に任せる」

「「「おおっ！」」」

「残りの三体だが、一体はサイズ的にイフリアが受け持ってくれ。次の一体はキャロとバルのコンビで頼《たの》む」

『うむ、任せよ』

「はいっ！」

『やるよー！』

三人とも竜人たちの気迫《きはく》にあてられたのか、やる気がみなぎっている。

「の、残りの一体は……まさか!?」

残っているのはアタルしかおらず、リアディスはアタルの顔を驚きながら見ている。

「あぁ、言い出したんだからそれくらいはやらないとな…。というわけで、俺が一体やりあうとしよう。あれだけの大物と単独で戦うのはほとんど経験がないから楽しみだ」

いつもアタルはみんなの後方から援護《えんご》をすることが多い。

主戦力になる際も、相手の隙《すき》をついての強力な攻撃などを選択《せんたく》している。

これまで経験のない、正面切っての一対一にはワクワクするものがあった。

「アタル様なら大丈夫《だいじょうぶ》ですっ！」

キャロが太鼓判《たいこばん》を押《お》す。

この四人が全力で戦闘《せんとう》するとなれば、条件にもよるが、最も強いのはきっとアタルだと全員が確信していた。

だからこそ、キャロたちは誰《だれ》も不安には思っていなかった。

「そ、そうか……まあ、そう言うのなら信じよう」

アタルたちの実力は事前に見ており、個々の実力が高い彼らならば、きっと黒鯨ともやりあえるのだろうとリアディスは納得《なっとく》する。

「じゃあ私も行く！　私が囮《おとり》になればアタルは自由に動けるでしょ？」

ここで思わぬ増援《ぞうえん》の申し出がリリアから出てくる。

「ダメだ。リリアはここに残るんだ」

だが、それはいまだ硬《かた》い表情をしているリアディスによって止められた。

「えー、なんでー？」

不服そうに頬《ほお》を膨《ふく》らませるリリアは納得がいっていない様子だ。

未知の強敵と戦うともなれば、彼女は気持ちを抑《おさ》えきれない。

「ただ反対しているのではない。何やら嫌な予感がするのだ……だから、お前にはいくつか話しておきたいことがある」

肩《かた》をつかみながら視線を合わせて、真剣な表情でリアディスが語り掛《か》ける。

わがままを咎《とが》めるのでも、彼女のことを心配しているのでもなく、大事な話がある、と。

こんなリアディスの様子は見たことがなかったため、リリアは不安になりながらも小さく頷《うなず》いた。

「……わかった。それじゃみんなに弱点の話だけ。黒鯨は眼《め》が弱点だよ。視界を奪《うば》われることを極端《きょくたん》に嫌《きら》うって昔読んだ本に書いてあった。——絶対に、生きて戻って来てね」

それは、アタルたちにだけでなく、ずっとともに過ごしてきた同族のみんなにも向けたものだった。

「もちろんだ、誰一人《だれひとり》欠けることなく帰ってくるぞ」

そんなアタルの言葉に、全員が深く頷いた。

「よし、全員が出発したら結界の解除を行う。武運を……」

そう言うと、リアディスは自らの胸に手をあてて何かを念じ始める。

アタルたちは既に出発しており、各人がまだ姿の見えない黒鯨との戦いへ向かっている。

「蒼鯨よ、我《わ》が願いに応え結界を解除してくれ。あなたを守るためにも……」

『ぐおおおおおおおおおおおおおおおおおお』

リアディスの声は蒼鯨へと届き、島が再度大きく震え、大きな雄《お》たけびを一度上げると、結界が徐々《じょじょ》に解けていき、外が見えるようになっていく。

「……あとは、頼んだぞ」

身体に負担がかかったのか、リアディスは額に玉のような汗《あせ》を浮かべて息を切らしながら、全員の勝利を願っていた。

第七話　対　黒鯨

「……見えて来たな」

アタルは機動力では他の面々に劣《おと》るため、フィンの背中に乗って移動している。

フィンは度胸もあり、足も普通《ふつう》の馬より速い。

そして、アタルのことを主《あるじ》と認めているため、危険に向かっているとしてもひるむことなくここまで走ってくれていた。

「まずはあの闇の力が厄介《やっかい》だな……あれを晴らすところから始めるとしようか。フィン、ありがとう。ここからは俺一人で十分だ、離《はな》れていてくれ」

「ヒヒーン！」

アタルの言葉を受けて、一回頬擦《ほおず》りをしてからフィンは安全域へと移動していった。

ハンドガンで手数を稼《かせ》ぎたかったが、それにはかなり近づく必要があるため、アタルは距離《きより》をとった位置でライフルを構える。

装填《そうてん》するのは光の魔《ま》法弾《ほうだん》。

（まずは、これでも喰《く》らっておけ）

ライフルから発射される弾丸《だんがん》。

それは一発一発の間がほとんどないほどに連射されていく。

これはアタルの能力で弾丸が自動装填されていることと、アタルの連射能力に起因していた。

次々に発射される光の魔法弾は黒鯨の身体を覆う闇の魔力を剥《は》がしていく。

『ＧＵＯＯＯＯＮ』

どこからともなく飛んでくる攻撃に黒鯨は声をあげながらキョロキョロと周囲を見回していく。

「すぐに俺を探そうとする切り替《か》えの早さはいいことだ」

蒼鯨への攻撃の手を止めて、まずは鬱陶《うっとう》しい虫から潰そうと黒鯨はターゲットをアタルへと切り替えていく。

「これで、どうだ！」

次に発射した弾丸は光の魔法弾（玄《げん》）。

玄武《げんぶ》の力を込《こ》めた一発が真っすぐ黒鯨の額めがけて向かっていく。

大きな音をたてて弾丸は弾《はじ》かれた。

それでもかなりの衝撃《しょうげき》を与《あた》えて黒鯨を苛立《いらだ》たせる。

しかも光によって視界にダメージを与えたことでとにかくアタルがいた場所に、眼を閉じた状態で突っ込んでいく。

「おっ、いい感じにこっちに向かって来てくれたな」

上空にいられたのでは、アタルも攻撃がしにくいと思っていたところだった。

降りてきてくれればその状況が好転するのは間違《まちが》いなかった。

「さあ、あとはあいつの視界が回復するまでは逃げ回るとするか」

アタルは地面を蹴《け》って走り出す。

自分自身には強化弾が効かないため、とにかく自前の身体能力で逃げる。

しかし、これまで多くの強力な魔物を倒してきたアタルは全体的に能力が高く、かなりの速度で走ることに成功している。

「と、いってもさすがに相手のほうが速いな」

巨体《きょたい》である黒鯨の移動速度は速く、このままではいずれアタルに届いてしまう。

「それじゃあ、これだ」

アタルは自分の後方に爆発《ばくはつ》の魔法弾を発射して、その爆風によって反動を生み出して、移動距離を稼いでいく。

この弾丸の狙《ねら》いはそれだけではない。

大きな音は黒鯨の耳に届き、見えない恐怖心《きょうふしん》に耐《た》えきれず、視力が完全には回復していない両眼を無理やり開く。

『UOOOOOOOOOOOOON！』

それと同時に口も大きく開かれ、アタルを威嚇《いかく》するかのような声が飛び出てきた。

「やっぱり眼は開いておかないと、色々と見落とすよなあ……」

黒鯨の眼にぼんやりと映ったのは、両手になにかを持ったアタルの姿だった。

彼はニヤリと笑っており、その手にはそれぞれハンドガンが握られている。

「ここからは一方的な俺の攻撃のターンだ、行くぞ！」

アタルはハンドガンに装填されている光の魔法弾を連続で撃《う》ちだしていく。

射出される音はまるで重なっているかのように聞こえるほど、短時間に連射されており、それら全てが黒鯨の眼に突き刺さっていく。

「リロード」

サイズ差から考えて、この程度では大きなダメージにならない。

だからこそ、アタルは全て弾丸を撃ち終えた瞬間《しゅんかん》、即座《そくざ》に再装填を行っている。

「リロード」

次の弾丸も撃ち終え、再装填。

「リロード」

畳《たた》みかけるように八回のリロードを繰《く》り返して、合計で百八発の弾丸を撃ち込んでいた。

『GYAAAAAAAAAAAAAAA！』

一瞬のうちにこれだけの弾丸を撃ち込まれてしまってはたまらず、その場でバタバタとのたうちまわっている。

「さて、もう一つの眼も奪わせてもらおうか……いや、それとも左眼の開いたところに爆発の魔法弾でも撃ち込むか？」

アタルがそんな不穏《ふおん》な発言をしていたのが聞こえたのか、黒鯨は慌てて空高く飛び上がって、そのまま遥《はる》か空の向こうへと飛び去ってしまった。

「やれやれ、あれくらいで逃げるなら最初から来ないでもらいたいものだな」

こうして、アタルは自身が担当する北方に現れた黒鯨の撃退《げきたい》に成功した。

「ヒヒーン！」

それを見ていたフィンがすぐにアタルのもとへと駆《か》けつける。

「おぉ、フィン。早かったな……ってお前、近くで見ていただろ？」

「ぶるる」

アタルの確認に対して、フィンは視線を逸《そ》らしながら顔を横に振る。

「ははっ、まあ怪我《けが》もないみたいだからいいけどな。それより、なにか嫌な予感がする」

黒鯨が蒼鯨を攻撃してきた意図が理解できなかった。

体格差が大きく、体当たりを何度繰り返したところで墜落《ついらく》させるまでのダメージを与えることはできない。

それは、仮に黒鯨の数が倍だったとしても恐らくは変わらない。

「なんでこんなことを………急いだほうがいいかもな、フィン、戻るぞ！」

嫌な予感が強くなっていたアタルは、フィンに騎乗《きじょう》すると村へと急がせる。

その表情は黒鯨を相手にしていた時のような余裕《よゆう》はなく、真剣《しんけん》なものになっていた……。


一方で、キャロとバルキアスは二人で黒鯨に立ち向かっていた。

移動速度を考えてキャロはバルキアスの背に乗って移動していく。

「バル君、私たちのスタイルは近接戦闘です。だから、このまま突っ込んでいきましょう」

『りょうっかい！』

二人の意思は統一されており、バルキアスは足を止めることなく真っすぐ黒鯨へと向かっていく。

『うおおおおおおおおおおおおお！』

強く地面を蹴って飛び上がるバルキアスは、身体ごとまるで一つの槍《やり》にでもなったようで、そのまま真っすぐ黒鯨の横っ腹に突っ込んでいく。

二人のサイズは黒鯨に比べて小さく、まだ黒鯨から敵として認識《にんしき》されていない。

その隙をついて、がら空きになっている身体へとバルキアスは体当たりをぶちかます。

もちろん白虎《びゃっこ》の力を発動させて、その数を十以上に増やして風の力による後押《あとお》しで勢いをつけている。

『PIIIIIIIIIIIIIIIII！』

予想外の方向からの攻撃に、なにが起こったのか理解できない黒鯨は甲高《かんだか》い鳴き声をあげていた。

『まだまだあああ』

バルキアスの攻撃はそれだけにとどまらない。

分厚い皮膚《ひふ》の黒鯨。

その身体に鋭い爪《つめ》を突きたてていく。

白虎のオーラをまとっている爪は何倍ものサイズになっており、大きな傷口を作り出してそこから血が噴《ふ》き出す。

『GUOOOOO！』

それに対抗《たいこう》するように黒鯨は雄たけびをあげ、身体に魔力を多く流すことで、皮膚を硬《こう》化《か》させていく。

『ぐ、か、かたい……』

皮膚の色は先ほどまでの藍色《あいいろ》を含《ふく》んだような黒色から、完全な黒色へと変化しており、強化された爪ですら突き刺さらなくなっていた。

このままでは、先ほどのような体当たりをしたとしても、はじき返されてしまう可能性が高い。

『ま、でも、僕《ぼく》の仕事はこれで十分だよね！』

バルキアスが担当していたのは黒鯨を倒すことでない。

いくらかでもダメージを与えること、防御《ぼうぎょ》に集中させること、そして――攻撃しているのがバルキアス一人だと思《おも》い込ませること。

これら全てに成功したバルキアスは、黒鯨の身体から自ら離れて落下していく。

『あとは、お願い！』

バルキアスの視界には、黒鯨の背中を勢いよく走っているキャロの姿が映っていた。

（バル君、よくやってくれましたっ！　これで完全に私のことは意識の外にありますっ！）

事実、黒鯨はバルキアスがどこに行ったのか視線で追いかけようと身体を動かしている。

これなら、どんな動きをしたとしてもキャロはばれずに、隙だらけな黒鯨を攻撃することができる。

（せやあああああああああっ！）

いつもだったら声をあげて気合のこもった一撃《いちげき》を繰り出すところだが、今回は少しでも悟《さと》られないように心の中で声を出している。

あと少しで、黒鯨の右眼《みぎめ》へとたどり着くことができる。

もう数十メートル、といったところで想定外の行動を黒鯨がとった。

「きゃっ！」

ぷしゅううううう、という音とともに勢いよく潮が噴射《ふんしゃ》された。

もちろん場所は、黒鯨の背中であり、潮は熱湯のごとき熱さをもっていた。

『あっつ！』

離れていたバルキアスは、それを少し浴びてしまう。

しかし、そんなことよりも気にしなければいけないのはキャロのことだった。

『キャロ様っ！』

バルキアスは既《すで》に地面に着地しているため、離れた場所で少し浴びるだけで済んだ。

しかしキャロは未《いま》だ、黒鯨の背にいるため、きっと直撃《ちょくげき》を受けているはずである。

「ふう、少し驚きましたね……」

しかし、キャロはその影響を受けずに体勢を立て直していた。

彼女《かのじょ》が力を借りているのは青龍《せいりゅう》。

青龍が司《つかさど》る属性は水であり、水の膜《まく》を張ることで潮を遮断していた。

「にしても、すごい勢いですっ。これなら……」

この潮の雨に紛《まぎ》れて、キャロは再度眼に向かって移動していく。

今度は想定外の行動をとられることなく、あと三メートルといったところまで到着した。

あとは全力の一撃を繰り出すだけ。

そう考えたキャロは、獣力《じゅうりょく》を発動させる。

「はあああああああっ！」

全身に、そして武器に力が流れていく。

武身一体となったキャロは飛び上がると、そのまま落下の勢いで黒鯨の右眼に向かって武器を突き刺した。

『GYAAAAAAAAAAAAA！』

悲鳴があがり、痛みから暴れだすが、キャロは手を離さない。

「まだ、ですっ！」

強く突き刺し、思い切り引き抜くと、反対の手に持った武器で眼の表面を斬《き》りつけていく。

『GAAAA！　GAAA！』

たまらないと、思い切り身体を動かされてしまい、やがてキャロは勢いよく放り出されてしまった。

「これで、ダメージは与えられましたねっ」

キャロは空中を落下しながらも、冷静に自分の戦果を確認していた。

『キャロ様！』

もちろんバルキアスが助けに来てくれると信頼《しんらい》しており、空中に投げ出されたキャロをしっかりとバルキアスが回収する。

「バル君、ありがとうございますっ。これで……」

二人の視線の先にいる黒鯨は、アタルの時と同様ひとしきりのたうち回った後、空高く飛んで逃《に》げていった。

「ふう、良かったですっ」

眼が弱点だとは聞いていた。

しかし、あれで本当に撃退できるかまではわからなかったため、実際に逃げていってくれたことでキャロはホッとしている。

これで、蒼鯨に襲いかかってきた黒鯨のうち、二体が迎撃《げいげき》されて逃げていった。

『ふむ、サイズで見合うと言われたが、さすがにデカイな』

巨大化《きょだいか》したイフリアから見ても、黒鯨は巨大であり、どう攻撃していくか考えている。

『QUUUUUU！』

さすがに黒鯨も巨大なイフリアの存在には気づいたようで、すぐに突進《とっしん》してきていた。

『その程度なら、避《よ》けるのは容易《たやす》いな』

イフリアはそれらを全てひらひらと回避《かいひ》していく。

あまりに攻撃が当たらないことにイライラし始めた黒鯨は、身体を真っ赤にしながら今まで以上の速度で勢いよくイフリアめがけて突進していく。

『そう来るのか、ならばこちらはこうだ！』

黒鯨の突進力を利用してダメージを与えようとイフリアは考える。

相手の動きに合わせて左足を前に出して踏《ふ》み込み、右手には青い炎《ほのお》を纏《まと》わせている。

勢いを利用して、全力のカウンター、更に足を踏み出すと同時に前傾姿勢《ぜんけいしせい》になって体重を拳《こぶし》にのせている。

しかもその拳には朱雀《すざく》の炎がのせられていた。

『くらえええええええ！』

『GUOOOOO！』

大きな声をあげた双方《そうほう》が衝突《しょうとつ》する。

全体重をかけ勢いをつけた黒鯨の全身全霊《ぜんしんぜんれい》の体当たり。

イフリアの全力のカウンター。

もし、黒鯨がイフリアを相手にすると踏んだ時点で硬化していれば結果は違《ちが》ったかもしれない。

しかし、黒鯨は全力のイフリアの拳を受け止めきれずに吹《ふ》き飛ばされてしまった。

青い炎は黒鯨の顔面から身体中《からだじゅう》に広がっていく。

『とどめだあああああああああ』

更に、魔力を練ったイフリアは思い切りブレスを放つ。

真っすぐ飛んでいったそれは完全に黒鯨の身体をのみ込んでいく。

『PIIIIIIIIIIIIIIIII！』

長い甲高い声をあげると、黒鯨はふらふらになりながらそのまま空に飛んでいった。

アタルたち三組はそれぞれが完全に仕事を終えて、三体の黒鯨を討伐《とうばつ》することに成功した。

『さて、これを陽動と考えるならすぐに戻《もど》ったほうがいいだろうな』

イフリアもアタルと同様に、これだけで終わらないと踏んでおり、すぐに村へと引き返していった。

そうして、四人は示し合わせたわけではなかったが、ほぼ同じタイミングで村へと戻って来ることとなった。

「これは……」

「ひどいっ」

つい少し前までは何事もなかったはずなのに、今は蹂躙《じゅうりん》されたかのように村が破壊《はかい》され、多くの家がボロボロになっていた。

もちろんそれは村長であるリアディスの家も例外ではない。

「リリア！　リアディス！」

アタルが呼びかけると、二人は家があった場所の前に立って空を見上げていた。

第八話　ラーギル

「ラーギル……」

リアディスとリリアの視線の先にいたのは、これまでに何度もアタルたちとやりあってきた魔族《まぞく》のラーギルだった。

「カオスドラゴンまでっ」

キャロの言葉のとおり、ラーギルはカオスドラゴンの背中に乗っていた。

「まさかお前たちまでいるとはな……それなら陽動が失敗した理由もわかるというものだ」

なんだかんだ、アタルたちが強いことはラーギルも認めており、黒鯨《こくげい》が逃げていったことも仕方ないとすら思っていた。

「ラーギル！　なんのためにこんな場所までやってきた！」

アタルが睨みつけ詰問《きつもん》するが、ラーギルは一瞥《いちべつ》するだけですぐにリアディスたちに視線を戻す。

「お前たちに用事はない。そんなことよりも、ここに宝石竜《りゅう》が、しかも力の強いやつが封《ふう》印《いん》されていることはわかっている。そして、お前がカギを握っているということもな」

ラーギルはリアディスを指さして話していた。

「さっさと封印を解いて宝石竜を解放するんだ」

淡々《たんたん》と低い声でラーギルが告げる。

彼《かれ》はカオスドラゴンと契約《けいやく》したことで、他の宝石竜の力を感じ取れるようになっており、この場においてリアディスから感じ取っていた。

「断る！」

もちろんそんなことを承服できるはずもなく、リアディスは毅然《きぜん》とした態度をとる。

「ふむ、まあそうだろうな。突然《とつぜん》現れた怪《あや》しい男がちょっと頼んだくらいで、代々守ってきたであろう宝石竜の封印を解くようではさすがになにも考えなさすぎる」

この返答は予想していたらしく、ラーギルは強い口調にはならない。

「だがまあ……」

しかし、空気が変わる。

「――お前が死ねばいい」

冷たく、重く、暗い一言。

それと同時にカオスドラゴンの魔力《まりょく》が膨らんでいく。

「まずい！」

カオスドラゴンはブレスを放とうとしており、アタルたちはまだリアディスのいる場所まで距離があり、どう急いでも間に合わない。

「くっ」

慌《あわ》ててアタルがライフルを構えてカオスドラゴンの顔に狙いをつける。

しかし、もう間に合わないことは誰にもわかっていた。

「きゃあああああっ！」

リアディスの隣《となり》にいたリリアは現状を理解し、死を覚悟《かくご》して悲鳴をあげている。

「大丈夫だ、リリアのことは私が守る」

ブレスとリリアの間に入り込むと、リアディスは両手を大きく広げて、ブレスを自分で受け止めようとした。

「だ、だめ！」

宝石竜のブレスは、とても人一人で受け止められるものではない。

リリアが必死で止めようとするが、リアディスは安心させるようにニコリと笑って、微《び》動《どう》だにしない。

「娘《むすめ》を守るためならこれくらいのことはできる……それに、私はこの程度では死なん！」

真正面から向かってきたカオスドラゴンのブレスはリアディスを直撃するが、その後方にいるリリアには全く影響《えいきょう》を及《およ》ばしていない。

「お、お父、さん……」

すぐ目の前で父が命をかけて自分のことを守ってくれている。

何もできずに見ているしかできない現実に、リリアの目から自然と涙《なみだ》がポロポロと零《こぼ》れ落ちてくる。

「――安心しろ」

そう口にしたリアディスの身体は光《ひか》り輝《かがや》いていた。

「……えっ？」

一番近くにいたリリアが驚《おどろ》きを口にする。

ブレスの影響で土埃《つちぼこり》が舞《ま》い上がっており、アタルたちからはなにが起きているのかは見えない。

しかし、なにかの力が膨らんでいくのだけは感じ取っていた。

「うおおおおお！　我が力に宿りし宝石竜よ、いまこそ目覚め、我に力を与えよ！」

この声はリリアだけでなく、なんとか助けようと今も走っているアタルたちの耳にも届いていた。

「なっ……ほ、宝石竜だと？」

「い、言ってましたっ！」

アタルとキャロはそのワードを聞いて驚いてしまう。

リアディスの身体の中に宝石竜がいる。

そんな信じられないことをリアディスは口にしていた。

「光よ！」

その言葉に合わせて、リアディスの身体の輝きは強くなり、カオスドラゴンのブレスを徐々に押し返していく。

「な、なにをやっている！　あんな爺《じじい》の力なんかさっさと押し返せ！」

『ガ、ガアアアアアアアアアアアアアアアア！』

ラーギルの檄《げき》を受けて、カオスドラゴンはブレスに込める力を増大させていく。

「その程度の力、我が光の宝石竜の力の前では無駄《むだ》だ！」

光のオーラを身にまとったリアディスは両手を前に出し、そこから光の力を出していく。

「うおおおおおおおおおおおお！」

古代竜人族《りゅうじんぞく》の力、そして宝石竜の力。

双方が絡《から》み合って、強力な力が波動となって繰り出されている。

少し押し返し、やがて力は拮抗《きっこう》し、双方が空中で消滅《しょうめつ》した。

「ふう、やれやれ——ぶっつけ本番だったがいけるものだな」

黄金色《こがねいろ》に輝いているリアディスは服についた土埃をパンパンと叩《たた》いて払《はら》っていく。

疲《つか》れはあるものの、まだまだ十分戦えるだけの力を持っていた。

「槍よ」

そして、言葉に反応して三叉《みつまた》の槍が崩《くず》れた家の中から飛んできた。

それはリアディスの力に反応するように金色に光っていた。

今はアタルたちがやってくるのを待ってもいい、相手の出方を窺《うかが》ってもいい、とにかく、ゆっくりと構えるべき状況《じょうきょう》である。

「行くぞ」

しかし、リアディスは跳躍《ちょうやく》してラーギルへと向かって行く。

胸には光り輝く宝石。

光の属性を持つダイアモンド。

彼の身体の中にダイアモンドドラゴンは封印されており、今はその力を引き出して自らの力としている。

「はんっ、まさか身体の中に宝石竜を封印する馬鹿がいるとはね！　カオス、やれ！」

闇《やみ》を司るカオスドラゴンに最も対抗しうるのは、光の力を司るダイアモンドドラゴンである。

しかし、それは逆も真実であり、光に最も強いのは闇だった。

「よくも村を壊《こわ》してくれたな！　死んで償《つぐな》え！」

怒《いか》りをにじませながら、リアディスはラーギルに向かって槍を伸《の》ばし、突《つ》き殺そうとする。

『させぬわ！』

しかし、それはカオスドラゴンの尻尾《しっぽ》によって遮《さえぎ》られ、地面に向かって弾《はじ》き返されてしまう。

リアディスの槍は光の力をまとっていたが、カオスドラゴンの尻尾も闇の力をまとっていた。

「ふう、ふう、はあ、ふう……」

リリアのすぐ近くに着地したリアディスは、尋常《じんじょう》ではないほど息が切れていた。

「あれで、倒《たお》せれば、よかったんだがな……」

不意をついた光の宝石竜の力を用いた一撃。

それで決着がついてくれればと、すぐに動いていた。

それは、彼の身体がダイアモンドドラゴンの力を解放した状態では、長く持たないことがわかっていたからである。

「お、お父さん、なんでそんなに！」

力を解放してから、まだ数分程度しか経過していない。

やったことといえば、ブレスを相殺《そうさい》したことと、ラーギルに攻撃《こうげき》を加えようとしたが防がれてしまったことだけである。

たったこの二つの動作だけで、リアディスの顔は真っ青になり、額には大粒《おおつぶ》の汗が浮《う》かんでいた。

「あぁ、少し、私は長く生き過ぎたみたい、だな」

現在村に住んでいる者の中でも、リアディスの年齢《ねんれい》は圧倒的《あっとうてき》なまでに高い。

古代竜人族の平均寿命《じゅみょう》はおよそ二、三百年と言われているなかで七百歳《さい》を超《こ》えているのは普通ではありえないことだった。

「大丈夫《だいじょうぶ》か！」

そこにアタルたちがかけつける。

「アタル様っ、回復弾をっ！」

傷ついている状態ならば、アタルの魔法弾によって回復することができるはずだとキャロが提案する。

「……いや、無理だな」

アタルは首を横に振《ふ》る。

「ど、どうしてですかっ！」

なぜそんなことを言うのか、なぜ諦《あきら》めてしまうのか、キャロは初めて強く問い詰《つ》めるようにアタルに声をかけてしまう。

「落ち着くんだ。俺《おれ》のアレは回復させることができる。それは治る可能性があるものだけだ。命を復活させることはできない」

つまり、リアディスの身体はこれ以上持たず、寿命を迎《むか》えるとアタルは言っていた。

「はは、なかなかストレートな物言いをする。だが、その通りだ……これ以上なにをしたとしても私の身体と魂《たましい》が持たない」

彼自身も自分がもう全てにおいて限界を迎えていることに気づいていた。

「だから、俺たちは俺たちにできることをやるぞ」

アタルはラーギルとカオスドラゴンを睨《にら》みつけた。

「まさか俺たちと因縁《いんねん》のあるお前たち二人が手を組むとは思ってもいなかった。まあ、負け犬同士お似合いなのかもしれないがな」

『なにを！』

アタルの挑発《ちょうはつ》にカオスドラゴンは苛立ちを隠《かく》せない。

「まあ、落ち着け。あれはあいつのいつもの手だ。あんな風に挑発して、我を失わせて冷静な行動をとれなくさせる。そんなのに乗ってやる必要はない。俺たちの目的はあいつらを倒すことではなく、今にも死にそうな老竜人からダイアモンドドラゴンの力を手に入れることだ」

今まで何度もアタルたちに対する苛立ちを隠してこなかったラーギルだったが、ここではカオスドラゴンを落ち着かせようとする冷静さが見られた。

「少しは大人になったみたいだな。今までがガキ過ぎたと言えばガキ過ぎたが……で、お前は一体なんのためにこんなことをしているんだ？」

時間を稼ぐわけではないが、アタルは少しでも情報を引き出せないかと会話を引き延ばしていく。

遺跡《いせき》での情報にもひっかかりを覚えていた。

魔界《まかい》にも伝わっていた異世界召喚《しょうかん》の儀式《ぎしき》。

その情報は今も残っていて、もしかしたらラーギルはそれを持っているのではないか？

そう考えていた。

「なんのために、だと？　そんなことはわかり切ったことだろう。俺は宝石竜の力が欲《ほ》しいんだ。強い力を求めるのは自然の摂理《せつり》だ」

一応は答えている。

しかし、アタルはその先の言葉を聞きたかった。

「宝石竜の力を手に入れて、強い力を手に入れて、それでお前はどうするつもりなんだ？」

力を手に入れたい理由がなんなのか？　それをアタルは知りたかった。

「はっ、なんでそんなことをいちいち説明しないといけない？　知りたければ自分で考えたらいいだろうが！」

核心をついてくるアタルの言葉に、ラーギルはわかりやすく動揺《どうよう》しているようだった。

「お前……八柱目の宝石竜を召喚するつもりじゃないんだな？」

埒《らち》が明かないため、アタルはカマをかけてみる。

「――あん？」

アタルの言葉にラーギルは首を傾《かし》げた。

「八柱目の宝石竜ならここに――いや、そういうことなのか……？」

ラーギルはカオスドラゴンのことを最後の宝石竜、幻《まぼろし》の宝石竜だと考えているようだ。

実際、カオスドラゴンは伝承にはないブラックダイアモンドが額に埋《う》め込《こ》まれている特別な竜であることは間違いない。

「そういうことか……」

ここでアタルもラーギルとは別の部分に納得《なっとく》していた。

ラーギルは最後の宝石竜のことを知らない。

つまり、その復活のために魔核《まかく》を集めていたのではないことがわかる。

「だったら、お前は別の何かに魔核を使おうと……」

「うるさい」

謎《なぞ》を徐々《じょじょ》に解き明かそうとしているアタルの言葉をラーギルが遮る。

「貴様と話していると調子が狂《くる》う。どうにも余計なことを話してしまうようだ。だから、これ以上の対話は必要ない」

苛立ちを噛《か》み殺しながら、ラーギルはアタルとの会話を打ち切っていく。

「こっちも同様だ。行くぞ！」

「はいっ！」

『うん！』

『承知！』

アタルの言葉に従って、四人はほぼ同時に四神の力を発動させていた。

そして、ラーギルとカオスドラゴンに向かって行く。

「おい、カオス。あいつらの相手をしろ」

『ふん、言われなくとも！』

カオスドラゴンは妖精《ようせい》の国でアタルたちにやり込められてしまったことを根に持っていた。

長い長い時間をかけて、ついに封印から解除されたカオスドラゴン。

妖精たちを操《あやつ》ってあちらの世界を占拠《せんきょ》しようと考えていた。

途中《とちゅう》までは確実にうまくいっていた。

しかし、アタルたちに邪魔《じゃま》されたことで、全て水の泡《あわ》と消えた。

『貴様らがいなければあああ！』

その怒りはいまでも強く、殺すチャンスがやってきたことで、殺気を隠さずにただただアタルたちと戦うことができる。

願ったりかなったりの状況だった。

こうして、アタルたちとカオスドラゴンの戦いが再度始まることとなる……。

第九話　後継者《こうけいしゃ》

アタルはライフルを構え、イフリアは巨大化して青い炎を燃え上がらせている。

キャロとバルキアスはセットで移動しており、いつでも素早《すばや》い攻撃をできるように動いている。

『ふん、相変わらず矮小《わいしょう》な存在だ。そちらのドラゴンもどきも相変わらず大したことのない魔力だな』

確かに宝石竜は神の側に属しており、膨大《ぼうだい》な魔力を持ち合わせている。

そんなカオスドラゴンはラーギルと契約をかわしたことで、更《さら》なる力を手に入れていた。

そして、自分が力を持ったことで、アタルたちのような人間風情《ふぜい》が戦いを挑《いど》んでくることに苛立《いらだ》っていた。

特に、イフリアに関しては近い種であることが、より一層怒りに火を注ぐ要因になっていた。

『ふむ、ただ魔力が高ければ強いというものでもないだろうに。借り物の力でそれだけ増長できるのも一種の才能というものだな』

しかし、イフリアは煽《あお》られても冷静に言い返す。

自分が最強だと思っているカオスドラゴンとは違い、自身よりも優《すぐ》れた存在はいくらでもいると理解しているため、この程度の挑発に反応することはなかった。

『き、貴様！　トカゲごときが偉《えら》そうに！』

今にもイフリアに飛びかからんばかりの表情で、カオスドラゴンが罵倒《ばとう》する。

「なんというか、まあ、一緒《いっしょ》にしたらイフリアに申し訳ないんだが……俺たちからすると、イフリアもカオスドラゴンもどっちも竜種《りゅうしゅ》に見えるんだよな」

怒り怒鳴《どな》り散らすカオスドラゴンに呆《あき》れたまなざしを向けながら、アタルは人族からの視点で意見を述べている。

『一緒にするな！』

怒りに打ち震《ふる》えるカオスドラゴン。

『ふむ、あのような馬鹿者と一緒にされるのはいささか心地《ここち》の好《よ》くない話ではあるが、種としてだけ見れば概《おおむ》ね間違《まちが》ってはいないだろう』

それに対してイフリアはやはり冷静にアタルの言葉を受け止めていた。

「まあ、それだけ強く反応するってことは、自分でも気にしているんだろうな……」

やれやれと肩《かた》をすくめたアタルが更に言葉を続けていく。

『うるさい！　〝ダークランス〟！』

これ以上は聞いていられないと判断したカオスドラゴンは闇魔法《やみまほう》を放つ。

十本ほど太い槍が同時に展開され、アタルへと真っすぐ向かって行く。

『その程度のもの……〝フレイムランス〟』

それに対して冷静に力を発動させたイフリアは朱雀の青い炎の力を使って、闇魔法の槍を撃《う》ち落としていく。

『な、なんだと⁉』

カオスドラゴンは驚いてしまう。

闇と炎、普通《ふつう》に考えれば闇の力が圧倒的である――カオスドラゴンはそう判断していた。

しかし、双方の槍が衝突すると、青い炎が闇の槍をのみ込んでそのまま落下させた。

「おー、そんな魔法が使えるようになったのか。知らない間に成長したなあ」

アタルはイフリアが知らない魔法を使いこなしていることに感心していた。

『うむ、蒼炎《そうえん》魔法といったところだな』

それに対して、イフリアはアタルに褒《ほ》められたことで誇《ほこ》らしげにしている。

『き、貴様ら、その程度で喜びおってえええええ！』

アタルたちが勝手に盛り上がっていることは、カオスドラゴンを更なる怒りへと駆《か》り立てていた。

未だかつてないほどの怒りに包まれたカオスドラゴンの身体は、闇の炎に包まれていく。

「ほー、こいつはなかなか」

軽い反応を見せるアタルだったが内心では、カオスドラゴンの進化を見て驚いている。

（さっきまではただの闇の力だったのに、今は炎と融合《ゆうごう》させている。怒りの結果生まれた産物か……なかなか厄介《やっかい》だ）

恐《おそ》らく闇の力を持つ炎はただ水をかけただけでは消すことができない。

この短時間での進歩にはアタルも舌を巻いていた。

『貴様らを、我《わ》が怒りの闇の炎で燃やし尽《つ》くしてくれるわ！』

そう宣言すると、翼《つばさ》を大きく広げ炎を周囲に振りまきながらアタルたちへと向かってくる。

『ふむ、ならば我が炎で貴様を浄化《じょうか》してくれよう！』

これに対して、イフリアは朱雀の炎をその身に宿してカオスドラゴンへ構える。

『死ねええええええええええ！』

『なにをおおおおおおおおお！』

カオスドラゴンとイフリアがぶつかりあい、戦いの火ぶたが切って落とされた。

「俺は距離《きょり》をとって攻撃をしていく。キャロは獣力だけじゃなく、青龍の水の力を発動させて戦うんだ。バルは炎を受けないように風の障壁《しょうへき》を纏え」

「はいっ！」

『うん！』

二人は素直《すなお》に返事をすると四神の力を発動させていく。

「あの闇の炎はかなりやっかいだ。絶対に喰《く》らうなよ……」

カオスドラゴンの炎から舞い落ちた火の粉は地面に落ちると、そのまま燃え続け地面すら燃やしていた。

アタルの助言に頷《うなず》くと、二人は走り出す。

カオスドラゴンの意識を少しでも散らすために、それぞれが別々の方向から攻撃する。

「さてさて、前回の戦いから時間があまり経《た》っていないわけだが、果たしてどうなることやら……」

つい先日妖精の国で戦ったばかりの相手。

この短期間でどちらがどれだけ成長したか、その成長度合いが結果に直結する戦いになりそうだった。

『ぬおおおお！』

まず先手を打ったのはイフリアだ。

朱雀の力が彼の身体に徐々に馴染《なじ》んでおり、以前よりも自分のものとして使えるようになっている。

ゆえに、拳と拳がぶつかりあっても、闇の炎に侵食《しんしょく》されることはなく、むしろ青い炎がカオスドラゴンの身体を燃やそうと侵食している。

『我が青き炎は、浄化の力を持っている。貴様のような闇の力に負けるものではない！　それそれそれそれ！』

何度も拳を打ちつけていくイフリア。

『ぐっ、くそ、この下等種が調子にのりおって！』

なんとかイフリアを押《お》し返そうと考えるカオスドラゴンだったが、一方的に押されてしまっており、打開策が思いつかずにいる。

「やあああああああ！」

そこへ、キャロの、獣力、水属性、青龍の力を乗せた剣戟《けんげき》が繰《く》り出されていく。

狙《ねら》うはカオスドラゴンの左足。

キャロは一撃一撃《いちげきいちげき》を全力で放っていく。

『ぐ、ぐううう、何を！』

たかだか小さな獣人《じゆうじん》の女の子の攻撃だったが、一撃一撃がイフリアの拳よりも重いものになっている。

それがドゴン、ドゴンとまるでハンマーで殴《なぐ》っているかのような音をたてて繰り出されていた。

『こ、この、獣風情《けものふぜい》が！』

イフリアを相手にしながらも、キャロも意識しなければならず、怒りと同時に混乱も生まれていた。

（こ、こんなはずでは……なぜ、私がこんなことに）

妖精の国で戦った時よりもキャロたちが格段に強くなっているように感じられていた。

『やあああ！』

更に、右足にはバルキアスが白虎《びやつこ》と風の力をまとった爪《つめ》を振り下ろしている。

『があああああああ！』

鋭《するど》い爪による攻撃は大きな傷を作り出している。

『とやあああ！』

右手、左手、右手、左手と順番に攻撃していき、傷口はどんどん広がっている。

『こ、このおおおおおお！』

カオスドラゴンは尻尾を大きく振って、キャロたちを吹き飛ばそうとする。

『よっと！』

バルキアスは軽く跳躍して回避する。

『ふん、見え見え過ぎるであろう』

イフリアは後方に一歩下がる。

「それじゃ、私はこうですっ」

キャロはその場で軽く飛んで、そのまま尻尾を空中で受ける。

しかし、それに吹き飛ばされることなく、水の魔力に粘着力《ねんちゃくりょく》を持たせて尻尾に張りついていた。

全力で振り回したソレは、一回転したところで動きを止める。

カオスドラゴンが相手の状況を確認《かくにん》する。

正面のイフリアは数歩距離をとっている。

右方のバルキアスも少し離《はな》れた位置にいた。

『ふん、吹き飛ばされたか』

そして、左方にいるはずのキャロは姿が見えなかったのと、尻尾に感触《かんしょく》があったため、先ほどの攻撃で吹き飛んだものと判断する。

「なかなか甘《あま》い判断だな」

かなり距離をとっているため、もちろん声は聞こえていないが、カオスドラゴンの表情からキャロに対しての考えをアタルは読み取っていた。

そして、今まさにキャロは尻尾を駆け上がっている。

『む？』

その違和感《いわかん》に気づいた時にはキャロは顔の近くにまで到達《とうたつ》していた。

「てやあああああああああああ！」

カオスドラゴンの右眼《みぎめ》はアタルが撃ち抜《ぬ》いている。

そちらから攻撃すれば完全に死角になるはずだ。

事実、カオスドラゴンはキャロの声はすれども姿は見えず、といった状況に陥《おちい》っている。

キャロの攻撃力《こうげきりょく》が、カオスドラゴンに十分通じることは既《すで》にわかっている。

このままキャロが額の宝石を破壊して終わりだと……誰《だれ》もが思った。

『そこか』

しかし、次の瞬間《しゅんかん》右眼が開いてギョロリと動き、キャロの姿を捉《とら》えた。

「……えっ？」

まさか、右眼が復活しているとは思わなかったキャロの攻撃の手が鈍《にぶ》ってしまう。

『死ね』

そして、カオスドラゴンはキャロへと攻撃を繰り出す。

それは、右眼からの闇の魔法だった。

「きゃあああああっ！」

まさか、眼が復活してそこから攻撃が撃ち出されるとは思っておらず、キャロは魔法の直撃を受けてしまった。

『キャロ様！』

すぐにバルキアスが跳躍して、落下中のキャロを受け止める。

「バル君っ、ありがとうございますっ！」

当のキャロ自身は、攻撃は受けていたものの、アタルの指示に従って獣力と水の魔力と青龍《せいりゅう》の力を発動していたため、大きなダメージを受けずにすんでいた。

「押していたから簡単にいけるかと思ったが、なかなかどうしてカオスドラゴンの名は伊《だ》達《て》じゃないってことか」

隠された宝石竜――邪悪《じゃあく》過ぎたために封印されたその力はさすがに弱くはない。

『うむ、やっと眼が治ったな。ラーギルよりもらった力はまだ馴染んでいないが……まあ、大丈夫だろう』
徐々に力が戻《もど》ってはきているが、完全ではないことをカオスドラゴンは改めて実感する。
「ここからが本番ってところか」
冷静さを取り戻し、自分の力がどれくらいなのか把握《はあく》できたカオスドラゴンは、やっと身《み》の丈《たけ》に合った戦い方をできるようになっていた。

一方、ラーギルは一人でリリアとリアディスのもとへと向かっていた。

「ふん、一度は負けたとはいえあいつなら、アタルたちの動きを止めておけるだろう」

「くっ、こんなことまでして貴様はなにを狙っているのだ！」

アタルから宝石竜の魔核を狙う魔族の話は聞いていた。

だから、この目の前の男がその人物であることも理解していた。

先ほどのアタルとのやりとりも聞いているが、結局ラーギルはなぜ力を欲《ほっ》しているのかに対する答えを口にしていない。

だからこそ、なぜこのように宝石竜の力を求めているのかを質問する。

このような輩《やから》が現れなければ、誰も苦しむことはなかった……という思いを胸にしながら歯噛《はが》みする。

「はあ、なんでそんなことをわざわざ答えてやらないといけないのか理解に苦しむ。そもそも貴様自身も俺がそんなことをペラペラと口にするとは思っていないのだろう？」

リアディスは身体にかなりの負荷《ふか》がかかっており、今にも倒れそうな状態である。

だからこそ、アタルたちが来るまで、娘を無事にここから切り抜けさせるために、なんとか時間を稼《かせ》ごうとしていた。

「ははっ、なかなか頭がいいようだ。それゆえに疑問に思う。そのように頭のいい男がなぜこのような真似《まね》をする？　このようなことをしても、一時的に力を得られるだけでその場しのぎのようなものだろ？」

冷《ひ》や汗《あせ》をにじませながらもリアディスの口は止まらずに質問を投げかける。

「まあ、少しくらいは答えてやってもいいだろう。俺はあることを計画している。それがなにかはさすがに教えてはやれないが、そのためには力が必要なんだ。魔核の一つや二つ程度ではなく、もっとはるかに強力な力がな！　さあ、そのために貴様のダイアモンドドラゴンの魔核を渡《わた》せ！」

ラーギルがどこからか取り出した赤い剣《けん》をリアディスに向かって振り下ろそうとする。

「――ダメ！」

しかし、それはリリアの槍《やり》によって防がれることとなる。

恐怖《きょうふ》に震えるリリアは涙目《なみだめ》になりながら、それでも槍の穂先《ほさき》をラーギルに向けており、リアディスのことをなんとか守ろうとしている。

「ほう、俺の邪魔をするというのか。はっ、強気に振る舞っているようだが、足が震えているじゃないか。そんなことで守れるとでも思っているのか？　――雑魚《ざこ》は消えろ」

ラーギルの雰囲気《ふんいき》に完全にのまれてしまっているリリアは、彼が横薙《よこな》ぎにふるった剣によって吹《ふ》き飛ばされてしまった。

「あうっ……」

意識はなんとか保っているものの、槍ごと吹き飛ばされた彼女《かのじょ》は、残っていた建物の壁《かべ》に激突《げきとつ》して動けなくなっている。

ラーギルの剣には闇の魔力が込められていたため、攻撃が命中した場所を闇の力が侵食しており、彼女の力を奪《うば》っていた。

「……あっちはなかなかまずいな。一《いち》か八《ばち》か、これを撃ってみるか」

それは、キャロが使ってほしいと懇願《こんがん》してきた治癒弾《ちゆだん》。

これを使えば、リアディスの回復ができるのではないかと、彼女は考えていた。

死に向かっている身体を復活させるのは不可能であるため、アタルは無理だと答えた。

だが、これの活用方法を変えることで、リアディスの力になれるかもしれないと考えていた。

「一時しのぎ、だがきっとこれが……」

アタルは願いを込めて、ライフルに込めた弾丸《だんがん》を二発撃ち出す。

「ふっ、こんなもの見なくても避《よ》けられる」

一発目はラーギルの頭部を狙った通常弾。これはなんなく回避《かいひ》されてしまう。

だが、本命は二発目。

「ぐっ」

それは、槍にもたれかかっているリアディスの身体を撃ち抜いた。

もちろん長年の蓄積《ちくせき》した負荷から回復させることは難しい。

だが、アタルの狙いは別にあった。

「こ、これは力が漲《みなぎ》る！」

リアディスは槍を持つ手に力が入り、足もしっかりと踏《ふ》ん張ることができ、ラーギルを睨みつけるだけの気合がよみがえっていた。

（俺ができるのはここまでだ、あとはなんとか立て直してくれ）

それを見たアタルは最後の助力だと頷いて、あとは彼《かれ》の力に任せることにする。

「うおおおお！　戦えるぞ！」

リアディスの三叉の槍の先端《せんたん》がラーギルに向いた。

「くっ、さっきまで瀕死《ひんし》の状態だったのに、なにをした！」

ラーギルがアタルに向かって怒鳴りつけるが、彼は離れた場所におり、そもそもラーギルの問いかけに答えるつもりはなかった。

「ふっ、私を前によそ見とは油断が過ぎるぞ！」

鋭い突きが、ラーギルに襲《おそ》いかかっていく。

素早い突きは、まるで同時に五度突かれているように見える。

「くっ！」

なんとか赤い剣で槍を受けるが、完全にというわけにはいかず、ラーギルの髪《かみ》の毛《け》が数本散っていった。

なぜここまでリアディスが動けるようになったのか。

その理由はもちろんアタルが使った弾丸にある。

彼が使ったのは治癒弾……ではあるが、それだけでなく、別の効果も封入《ふうにゅう》していた。

身体強化弾。

これはリリアにも使ったもので、現在の身体能力を引き上げるものである。

その二つを組み合わせることで残った力を、魂を振り絞《しぼ》らせている。

アタルの目から見て、リアディスの寿命はもう長くはもたない。

だったら、最後に全力を出させてあげて、彼が大事に思うリリアを、死力を尽くして守らせてあげたい――そう考えていた。

「これなら、戦える！」

（アタル殿《どの》、かたじけない……ありがとう！）

リアディス自身ももう長くはないことを理解している。

だからこそ、この最後のひと絞りで全力を出せることに感謝の気持ちを抱《いだ》いていた。

「くらえええええ！」

身体の中に封印《ふういん》されているダイアモンドドラゴンも力を貸しており、槍には光の魔力《まりょく》が込められている。

「くっ……このっ！　調子に、のるな！」

突きの速度はどんどん上がっており、ラーギルは防戦一方になっている。

ここで、新たな手としてラーギルは剣だけでなく魔法を織り交ぜることにする。

「〝ダークフレイム〟！」

リアディスは光の力を使ってはいるが、魔法を行使する能力は持ち合わせておらず、直撃を受けてしまう。

「があああああ！」

身体が闇の炎《ほのお》によって焼かれてしまう。

強化されているとはいえ、闇の魔法によるダメージがリアディスの身体に激痛を与《あた》える。

「この命、我が娘《むすめ》のため尽くすと決めたのだ……引かぬ！」

それでも、リアディスは一歩踏み出して突きを繰り出していく。

「なっ！　お、お前、身体を焼かれているというのに、なぜ動ける！」

そんな常軌《じょうき》を逸《いっ》しているリアディスを、ラーギルは信じられないものを見るかのような目で見ている。

「痛い！　熱い！　苦しい！　だが、それがなんだというのだ！　そんなものは私を止める理由にはならん！」

彼がここで倒れればリリアにまで手が及《およ》ぶかもしれない。

そうでなくとも、可愛《かわい》い娘が剣によって吹き飛ばされたことは、リアディスの逆鱗《げきりん》に触《ふ》れていた。

古代竜人族《りゅうじんぞく》は竜に最も近い一族。

竜たちにとって触れてはならない逆鱗――彼にとってそれは愛娘《まなむすめ》のリリアだった。

「くらえ！　〝竜槍《りゅうそう》ゲイン〟」

地面を踏みしめ、ラーギルをしっかりと見て、竜力を発動させ、全体的に能力が強化された身体で、最高の突きが繰り出される。

竜人の、宝石竜の、そしてアタルからもらった力が込められた一撃《いちげき》。

槍の動きに合わせて竜の姿をしたオーラが追随《ついずい》しているのが見える。

「ぐ、ぐううううう、があああああ！」

ラーギルが持っていた赤い剣は粉々に砕《くだ》けて、彼自身も吹き飛ばされてしまう。

「ふう、ふう、ふう、はあ、これが古代竜人族の力だ！」

どうだ、と槍を構えたまま、ラーギルへと気合のこもった声を飛ばす。

「お、お父さん……」

しかし、ようやく体を起こしてリアディスを見たリリアの顔は真っ青になっていた。

「――ゴフッ」

しっかりと立っていたはずのリアディスは血を吐《は》いて、その場に膝《ひざ》をついてしまう。

「お父さあああああん！」

大粒の涙《なみだ》を流しながらリリアが慌《あわ》てて立ち上がって駆け寄ろうとするが、それはリアディスの手で制止される。

「ま、まだ、あいつを倒したわけではない、近づくな……ガフッ」

限界が近いのか、再度吐血《とけつ》するリアディスは苦しそうだ。

しかし、彼が言うようにラーギルは武器を折られ、吹き飛ばされただけで、大きなダメージは受けていない。

「はあ……あんな無茶苦茶《むちゃくちゃ》な強化をすれば、いずれ身体が悲鳴をあげるだろうとは思っていたけど、案外早かったな」

ラーギルはほとんど無傷の状態で立ち上がって、新たに青い剣を手にしてゆっくりとリアディスに向かって歩き始めていた。

「はっ、それだけではないだろう？　貴様の攻撃も届いていた……」

血反吐《ちへど》を吐きながら、リアディスは腹に手を当てる。

そこからも多量に出血しており、ラーギルが持っていた赤い剣の欠片《かけら》がいくつも突き刺《つさ》さっていた。

「あれくらいの攻撃で簡単に壊《こわ》れる武器は持っていないからな。勝ったつもりにさせようと、わざと壊した。で、欠片の有効利用をしたってところだ」

優勢になったラーギルはニヤリと笑う。

「あ、あの一瞬《いっしゅん》で攻撃していたとはな――はあ、はあ……」

ダメージは大きく、寿命も既につきかけている。

「お、お父さん！　な、なんで、なんでこんなことに！」

あまりの急な展開に、リリアは涙が止まらない。

つい少し前まではいつものように楽しく戦っていた。

リリアのことを注意するリアディスも元気だった。

アタルたちとの出会いも刺激的《しげきてき》で、トロールとの戦いでは自分も役に立つことができて、
ずっと謎だった遺跡探索《いせきたんさく》も楽しい経験で、アタルたちから戦いについての勉強もできた。

黒鯨《こくげい》がやってきて、自分の力がついていくことにワクワクする自分がいた。

それら全てが幻だったかのように、辛《つら》い現実が目の前に広がっている。

村は破壊《はかい》され、父親は瀕死、自身も傷を負っている。

先ほど吹き飛ばされた時に、足を痛めてしまい、リリアはもう立ち上がれない。

アタルたちは巨大《きょだい》な宝石竜と戦っていて、こちらには助けに来られない。

村の竜人たちは南の黒鯨の撃退《げきたい》に向かっている。

「う、うううう、あああああっ」

もうどうにもできない――絶望が彼女に襲いかかっている。

「……リリア、泣くんじゃない！」

「!?」

そんな彼女に向かって力強く声をかけてきたのは、声を出すのもきついはずのリアディスだった。

「お前はまだまだ子どもだが、成長することができている。今回の黒鯨の時も、村にとどまってくれた。私はお前が大きくなるのが楽しみだよ」

優《やさ》しく声をかけてくれるが、口と腹からは血が流れ落ちている。

「だけど、どうやらそれを見とどけることは私には叶《かな》わないようだ……」

「そんなのぜったいいやだよ！　お願い……！　傍《そば》で見ててよ！」

もう無理だとわかっていても、泣きじゃくるリリアの口から悲痛な言葉が出てくる。

ただ一人の家族。

母親は彼女を産むのと同時に亡《な》くなっていた。

村長として厳しく接してきたリアディスだったが、それでもどこかに優しさが込められていて、今になって思えば優しさに溢《あふ》れていたとリリアも理解している。

「お前には、父親としてなにもやってあげられなかった……。今も、ただ苦しい現実を見せているし、これから辛い運命を背負わせてしまう私を許してくれ……」

優しさを込めた静かな言葉は、リリアに向けた遺言《ゆいごん》のようなものだった。

「そ、そんな、そんなのいいから、生きててよ！」

リアディスの背中を見ながら、終わりが近づいていることを嫌《いや》でも実感させられたリリアは、涙で顔をぐしゃぐしゃにしながら駄々《だだ》をこねる子どものように叫《さけ》ぶ。

「はあ……お涙頂戴《なみだちょうだい》の茶番はそのへんにして――さっさと死んでくれるか？」

嫌悪感《けんおかん》をむき出しにしにしながらラーギルはリアディスに剣が届くまであと数歩の位置までやって来ていた。

「家族だとか、父親だとか、反吐《へど》が出る――そんな臭《くさ》いもんを俺《おれ》に見せるな！」

そう言って、苛立ちを込めながら剣を振《ふ》り上げる。

「――これが最後だ」

リアディスは自らの胸に手を突っ込んで、ダイアモンドドラゴンの魔核を取り出した。

「なっ⁉」

長い月日で、リアディスの心臓と魔核は融合しており、切り離せなくなっている。

つまり、彼は自らの心臓を取り出したということになる。

まさかそんな行動に出るとは思っていなかったため、ラーギルは驚《おどろ》いて、手が止まってしまった。

「リリア、これを受け取れ！」

その一瞬でリアディスは最後の希望を娘に託《たく》すことにする。

もう力はほとんど残っていないが、全てを振り絞って魔核をリリアに向かって放り投げた。

「っ――わかった！」

これが父からの最後の頼《たの》み、父の最後の言葉。

それをわかっているリリアは、痛む足など関係なく、涙を流しながら全力で走り出した。

二度と歩けなくなっても構わない。

死ぬとわかっていても全力で守ってくれたリアディスの最後の願い。

なにがなんでもこれを受け取る。

そんな思いが彼女の身体を突き動かしていた。

「ちっ――させるか！」

リアディスにはもう目もくれず、魔核を追いかけてラーギルも走り出す。

「それはこっちのセリフだ」

一歩踏み出そうとしたラーギルの足を狙って、アタルが弾丸を放つ。

「くそっ、邪魔をするな！」

「それは聞けない相談だな」

アタルは次々に弾丸を撃ち込んで、ラーギルの足止めを買って出る。

このままいけば邪魔されることなく、魔核《まかく》をリリアが受け取ることができる。

「カオス！」

しかし、それを黙《だま》って見過ごすラーギルではなく、今もキャロたちと戦っているカオスドラゴンに呼びかける。

「あいつの邪魔をしろ！」

あいつとはリリアのことを指しており、決して魔核を受け取れないように、との意図をもって命令する。

『この状況《じょうきょう》で、また面倒《めんどう》なことを！』

キャロの攻撃《こうげき》を受け止め、バルキアスの攻撃を防ぎ、イフリアの攻撃に耐《た》える。

しかし、契約者《けいやくしゃ》の命令を聞く義務があるため、ラーギルの無茶《むちゃ》ぶりに舌打ち交じりのカオスドラゴンは闇魔法を使うことでリリアの邪魔をする。

『ダークボールレイン！』

水の妖精王を操っていた際に、水の力を操作する術《すべ》を理解したカオスドラゴンの闇魔法。

これは、小さな闇《やみ》の玉がまるで雨が降らんばかりに大量に相手に向かって行く魔法。

「悪いが、それもさせられないな」

それを見越《みこ》していたアタルはラーギルに使用した通常弾から、弾丸の種類を変更《へんこう》する。

「いくら大量だろうと、それくらいじゃどうということはない」

アタルが発射したのは、散弾《さんだん》タイプの弾丸。

これまで使う機会がなかったが、この弾丸は射出されてから任意のタイミングで散らすことができる。

そして、散弾タイプとして打ち出すのは爆発《ばくはつ》の魔法弾《まほうだん》だった。

アタルは闇魔法の真っただ中まで到着したところで、弾丸を散らして広範囲《こうはんい》に爆発の魔法弾をばら撒《ま》いていく。

「――お前の魔法は、絶対にリリアまでは届かない」

アタルの魔法弾に遮《さえぎ》られて、全ての闇魔法が撃墜《げきつい》されてしまった。

「リリア、しっかりとつかめよ」

ラーギルの動きは今もアタルが完全に制していた。

カオスドラゴンはキャロたちが更に攻撃の手を速めて、これ以上邪魔《じゃま》できないように動きを止めている。

「っ……お父、さん！」

ついにリリアがダイアモンドドラゴンの魔核を手にすることとなった。

それを見たリアディスはニコリと笑い、もう立っていられなくなったのか、その場に崩れ落ちる。

「お父さん！」

「胸に、当てて、竜力を使うんだ……」

もう指一本動かすことすらできないが、リアディスは声を振り絞ってリリアに最後の言葉を伝えた。

「えっ……？　わ、わかった！」

その指示のとおり、彼女は自らの胸にダイアモンドドラゴンの魔核を押し当てていく。

「くそっ！」

それを見たラーギルが顔を歪《ゆが》ませる。

リアディスは宝石竜の力を使って一般的《いっぱんてき》な竜人を凌駕《りょうが》する力を見せていた。

最初、彼を見た時、他の古代竜人族とは雰囲気も、感じる力強さも、風格も段違《だんち》いだった理由はそこにあった。

それでも、彼は長年の負担によってボロボロな状態だった。

だが、その娘であるリリアは若く、力がある。

しかもリアディスの実の娘である彼女は知らないことだが、古代竜人族の中でも力ある一族の直系の子孫にあたる。

そんな彼女がダイアモンドドラゴンの力をその身に受け入れることは、リアディス以上の力を引き出すことになる。

「わ、わわわっ！」

この時を待ちわびたかのように、ダイアモンドドラゴンの魔核は眩《まばゆ》いほどの強い光を放って、リリアの身体の中に溶《と》けていくように取り込《こ》まれていく。


『…………もし』

リリアにだけ、どこからか声が届く。

「えっ？　声……って戦いのさい、ちゅう……？　あれ、みんな動きが止まってる——ってか、私の身体が見える⁉」

リリアが戸惑《とまど》いながらあたりを見回すと、アタルたち、そしてラーギルたちも完全に動きが止まっていた。

そして自分の身体が透《す》けており、そばに魔核を受け入れた時の自分が見えた。

「な、なんで？　私、もしかして死んじゃった？　ううぅ……変な声も聞こえるし」

ありえない状況にリリアは混乱し、涙目になってしまう。

父の意思を継《つ》いだばかりで死んでしまったとあっては顔向けできないと、悲しみが襲いかかってくる。

『あの……聞いて下さい！』

「わっ！　だ、誰？」

急に大きな声が聞こえてきたため、リリアは慌てて周囲を見回す。

されど声の主の姿は見えない。

「あ、あれ？」

あれだけ明確であれば、聞き間違《まちが》いではなく、どこかにいるはずだが、その姿は確認できない。

『もう、こっちです！』

服が引っ張られたため、リリアはそちらの方向にゆっくりと視線を下ろしていく。

「え、めちゃくちゃ可愛い」

思わず出た心の声。

そこには白銀の長い髪《かみ》をした背の低い少女の姿があった。

金色の目は大きく、白いワンピースを着ている。

『あ、ありがとうございます……じゃなくて！　あの、なにか気づきませんか？』

褒《ほ》められたことは素直に嬉《うれ》しく、頬《ほお》を赤らめる少女だったが、本題が別にあることを思い出して話を元に戻そうとする。

「えーっと、初めまして……だよね？　こんな可愛い子はうちの村にいなかったと思うけど？」

リリアは腕《うで》を組みながら首を傾《かし》げている。

初めて会う彼女に対してなにか気づかないかと言われても困ってしまう、と考えていた。

『あの人の娘にしては鈍い方ですね……これ、これを見て下さい！』

そう言うと彼女はぷくりと頬を膨《ふく》らませて自らの額を指し、注目させる。

「額に、宝石？　えっ？　もしかして、あなたが宝石竜なの？」

『はい！　そうですよ！』

やっと理解してくれたため、少女は笑顔《えがお》で頷いている。

「で、でも、宝石竜って、さっきのあの黒いドラゴンみたいにドラゴンの見た目で、すっごい大きくて、えええええっ？」

カオスドラゴンとのギャップにリリアは未《いま》だに状況《じょうきょう》をのみ込めずにいる。

『コホン、確かに見た目は大きな差があると思いますが、私は正真正銘《しょうしんしょうめい》れっきとした宝石竜ダイアモンドドラゴンです』

言いながら、少女はリリアの胸のあたりを指さす。

「これ、光ってる。あぁ、そういうことなんだ」

自分の中にあるダイアモンドドラゴンの魔核から力を感じ、目の前の少女から同じ力を感じることでやっと理解することができた。

「あなたは、この魔核の中にあるダイアモンドドラゴンの意識なんだね。私の中にあなたの力があるのを感じるもん」

『はい。あ、そうそう。私のことですがダイアモンドドラゴンでは長いので、ディアと呼んで下さい。初代の古代竜人族の竜操者《りゅうそうしゃ》が名付けてくれたんです』

ここにきて、新しい言葉が出てきて、リリアは首を傾げる。

「りゅう、そう、しゃ……？　それって、お父さんや今の私みたいに、あなた、じゃなくて……ディアの魔核を取り込んだ人のことを言うの？」

この問いかけにディアは頷《うなず》く。

『身体に取り入れることで、私の力を引き出して使うことができます。竜操者の持つ竜力の大きさによって使える力の大きさが変わります。そして、あなたの竜力は初代のあの子と同じくらいに強大なものなんですよ！』

嬉しそうに笑ったディアは胸を張って誇《ほこ》るべきものなのだと褒めてくれる。

それに対して、リリアは首を傾げてしまう。

「そうかなあ？　お父さんのほうが強かったと思うけど。それに、村にも私より竜力の大きい人はいるし……」

自分が他の竜人に比べて特別優《すぐ》れているわけではないことをわかっているからこそ、彼女は一人、魔物《まもの》と戦って修業《しゅぎょう》をしてきていた。

『ふふっ、それはまだあなたが成長途中《とちゅう》で、力が解放されきっていないからです。でも、あなたの奥底《おくそこ》には強い力が眠《ねむ》っているので大丈夫《だいじょうぶ》ですよ。自分自身を信じてあげて下さい』

すると、ディアはリリアの手をギュッと握《にぎ》ってくれる。

「ほ、本当に？　私にはちゃんと力があるの？」

『もちろんです！』

不安そうなリリアに対して、にっこりと笑ってみせたディアはリリアの手を更《さら》にギュッと強く握って想《おも》いを伝えていく。

「そう、なんだ。じゃあ、ちゃんとお父さんの娘として、力が……」

自身の力が中途半端《ちゅうとはんぱ》であることにリリアは悩《なや》んでいた。

そのことで、リアディスに悲しい思いをさせているのではないか、期待されていないのではないかとも思っていた。

『リアディスもちゃんとわかっていたみたいですよ。力がなければ私のことは受け入れることすらできません。あなたがただ自分の娘だからじゃなく、ちゃんと力があるから、私のことをあなたに託したんです』

思わぬところで父親の気持ちを知ったリリアは嬉しそうに笑って涙を浮《う》かべる。

ディアの言葉はこれまでの人生が報《むく》われたと思わせられるものだった。

「うん……うん！　よかった。すごく嬉しい！」

『よかったです。では、本題に移ってもいいでしょうか？』

ディアはこれまでのほんわかとした笑顔ではなく、キリッとしたものへと変化している。

ここからの話が重要なものであるとわかる変化であり、リリアも同じように真剣《しんけん》な表情で頷く。

『もうわかっていると思いますが、私のことを長年にわたって身体に封印していたリアディスの身体はもう限界でした。その状態で力を使ったため、生きているのも不思議な状況でした』

これはリリアにもわかっていたことだが、改めて突きつけられると涙が零《こぼ》れ落ちそうになる。

リアディスがあんな風に力を使わなければならなかったのは、リリアを救うためだった。

その事実が辛さを呼び起こしていた。

『リリア、泣かないで下さい。彼はあなたのことを守るためにずっと秘《ひ》めていたあの力を使うことを一切厭《いっさいいと》わなかった。それは、父親らしいことができなかった彼なりの償《つぐな》いなんです』

そう言って、ディアは彼女を励《はげ》ましていく。

『話を続けますね。あなたの中には私の力があります。神と同等と言われている力があなたの中にあるんです。すぐには使いこなせないと思いますが、大丈夫。あなたならきっとすぐに慣れるはずです』

ディアはやや早口になっている。

『あなたの潜在竜力《せんざいりゅうりょく》はとても大きいから、身体への負担もほとんどないと思います。だから、必要な時は遠慮《えんりょ》せずに使って下さい』

彼女が今の状態を維持《いじ》する力が弱まってきており、彼女の身体は徐々《じょじょ》に薄《うす》くなっていく。

『最後に、私の身体を蝕《むしば》む闇はあなたがた古代竜人族の優しい心が浄化《じょうか》してくれました。私は決して、邪神《じゃしん》側に堕《お》ちることはありません。新しい竜操者リリア、あなたのその純粋《じゅんすい》な気持ちはとても素晴《すば》らしいものです、どうぞこれからよろしくお願いします……』

そう言うと、光がはじけるようにディアの姿は消え、リリアは自分の魂《たましい》がすーっと自分の身体へと戻って行くのを感じた。

「――はっ！」

時間を止めていたディアの力は解除されて、現実世界へと引き戻される。

改めて状況《じょうきょう》を確認《かくにん》すると、すぐに把握《はあく》できる。

アタルはリリアに力が譲渡《じょうと》されたのを見て安心して、元の戦いに戻っている。

キャロたちはカオスドラゴンとの戦闘継続中《せんとうけいぞくちゅう》だ。

ラーギルは怒《いか》りと憎《にく》しみのこもった視線をリリアに向けている。

そして、父リアディスは既《すで》に息をひきとっていた。

「ちっ、貴様のせいでダイアモンドドラゴンの力を手に入れられなかったぞ！　邪魔をしやがって！」

ラーギルは怒りで顔を真っ赤にして、リアディスの死体に蹴《け》りを加えていく。

その行動はリリアに、静かな怒りの火を灯《とも》す。

白銀の炎は、リアディスが燃やしていた黄金より、静かで冷たいものだった。

「――許さない」

ポツリと呟《つぶや》くとリリアは一歩一歩踏み出していく。

手に持つ槍にはダイアモンドドラゴンの力が流《なが》れ込んでおり、ぼんやりと白銀に光《ひか》り輝《かがや》いている。

これはダイアモンドドラゴンの力をリリアが使いこなしていることを表している。

「その、汚《きたな》い足を、どけろおおおおおおおおおおおぉ！」

雄《お》たけびをあげたリリアは、白銀のオーラを纏《まと》うと、全力で地面を蹴る。

今までよりも、全ての力が向上しているリリアは瞬間《しゅんかん》移動でもしたかのように、一瞬で距離《きょり》を詰《つ》めてラーギルの目の前に移動する。

「どけ！」

素早《すばや》く繰《く》り出される槍の一撃は、これまで以上に鋭《するど》く、力強い。

「……くっ！」

ラーギルは青い剣で防ごうとするが、一瞬のうちに砕かれて、そのまま右肩《みぎかた》のあたりを貫《つらぬ》かれた。

わざと壊した赤い剣の時とは異なり、完全にリリアの力に圧《お》されている。

「うがあああああああ！　くそ！　くそっ！　くっそおおおお！　いてえええええええええっ！　カオスううううう」

痛みに声をあげるラーギルはカオスドラゴンに呼びかける。

『む、なんたることだ！』

視線を向け、一瞬のうちに状況を理解すると、カオスドラゴンは全力で闇の魔力を燃焼《ねんしょう》させていく。

これは、魔核に宿る力を燃焼させて生み出しているもので、これまでで最も強大な魔力である。

「きゃっ！」

『ううう！』

『これは、厄介《やっかい》だな！』

近接三人組はあまりの魔力の濃《こ》さに、距離をとらざるを得なくなってしまう。

「これは、かなり濃いな」

アタルが何発か光の魔法弾を撃《う》ち込んでいくが、目立った効果は見られず、魔力はどんどん高まっていく。

『これでも、くらええええええええええええええ！』

全てをのみ込まんばかりのカオスドラゴンの全力の闇のブレス。

それがリリア個人へと真っすぐ飛んでいく。

さすがにこの威力《いりょく》のものであると、命中する前に方向を変えるのは難しい。

「くそ、爆発の魔法弾を！」

アタルはなんとかカオスドラゴンのバランスを崩《くず》そうと足元に弾丸を撃ち込んでいくが、闇の魔力によって阻《はば》まれてしまう。

「宝石竜のブレス？」

それに気づいたリリアは冷静に竜力と光の魔力を高め、それら全てを手に持つ槍《やり》に伝えていく。

「そんなブレスがきたら、村が消えちゃう…………でしょうがあああああああああああああ！」

そして、白銀に燃《も》え盛《さか》る槍を全力でカオスドラゴンに向かって投擲《とうてき》する。

光り輝く槍は空気を切り裂《さ》いて、真っすぐ飛んでいき、ブレスと正面から衝突《しょうとつ》する。

光と闇という相反する属性がぶつかりあうことで、周囲の空気が震《ふる》えていく。

ブレスは槍によって止められ、槍も勢いはそのままだが、そこから先に進めずにいる。

「もう、いっちょおおおおおおおおおお！」

リリアは近くに落ちていたリアディスの槍を拾うと、同じように力を込めて全力で投擲した。

「なんだと！」

『なに！』

これにはさすがのラーギルとカオスドラゴンも驚いてしまう。

ブレスと拮抗《きっこう》するだけの威力の攻撃を連続で繰り出している。

そんなありえないことが起こっていいのか、と。

しかし、リリアの攻撃はそれにとどまらない。

「これで、とどめだあああああああああああ！」

ダイアモンドドラゴンの力を竜力と組み合わせて槍の形に具現化し、追い打ちをかけるように投擲する。

「三本目だと！」

『こ、これは、耐えられん……』

驚愕《きょうがく》と困惑《こんわく》、二人はそれぞれの反応をするが、状況を打開するためにラーギルが動く。

「くっ、魔法《まほう》で向きを変えて……」

ラーギルは負傷していない左手をあげて、槍に向かって魔法を使おうとする。

「変えさせるわけないだろ」

この状況に対して、ただ手をこまねいて見ているアタルではない。

しっかりとラーギルの動向を確認していた。

「ぐあああっ！」

そして、弾丸《だんがん》がラーギルの左手に見事命中して、魔法を阻止《そし》する。

アタルは速度にだけ特化させて通常弾《だん》の威力を抑《おさ》えたものを撃ち出していた。

ゆえに、魔法を放つ前に当てることができた。

腕を吹《ふ》き飛ばすほどの威力はなく、痛みを与える程度だったが今はそれで充分《じゅうぶん》だった。

「いけえええええええええええええ！」

そんなやりとりがある中、三本もの高威力の光の投《な》げ槍は、そのままブレスを突破《とっぱ》していく。

『ぬ、ぬあああああ』

なんとか回避《かいひ》しようと身体を逸《そ》らそうとするが、すべての槍はカオスドラゴンへと突き刺さる。

『ぐあああああああああああああああ！』

槍が命中したのはカオスドラゴンの左眼《ひだりめ》だった。

どうやら右眼も完全に復活しているわけではないようで、ラーギルが負傷したせいか、両眼が開かなくなった。

『うがあああああああああああああ！』

視界を奪《うば》われてしまったカオスドラゴンは怒りと混乱から、叫び声《ごえ》をあげながらブレスをやみくもに撃ち出していく。

力任せに吐き出されたカオスドラゴンのブレスがビームのようにランダムに降り注ぐ。

「こいつは、なんとも厄介だな」

アタルはその状況にあってもカオスドラゴンの動きを見極《みきわ》めて、なんとか回避していく。

キャロはバルキアスの背にのって、ステップを刻んで避《よ》けている。

イフリアは、青い炎を燃焼させて自らの前方に障壁《しょうへき》を展開して、ガードに徹《てっ》していた。

「はあ、はあ、ちょっと、面倒な、ことに、なったか、な……」

眼を奪った当人であるリリアは、慣れない力を行使したためか、身体を強烈《きょうれつ》な倦怠感《けんたいかん》が襲《おそ》っており、膝をついて立てずにいた。

いくら適性があるリリアでも、まだダイアモンドドラゴンの力は身体に馴染《なじ》んでおらず、その状態で一気に全力を出してしまったため、このような状況に陥《おちい》っている。

「もう、一発、使えれば、動きを――……だ、め……」

一度身体から力が抜《ぬ》け落ちたリリアは、再び力を振るおうにも、身体を起こしているのすらつらくなり、そのままドサリと倒《たお》れて気を失ってしまった。

「キャロ！　リリアのところに行ってやれ！」

アタルは魔眼《まがん》でリリアのオーラを確認していたが、それがプツリと消えたため、慌てて指示を出す。

素早い動きでキャロがリリアのほうへ向かって走る。

(まさか死んだなんてことはないだろうが……)

それでも、リアディスのように身体に大きな負担がかかってしまった可能性もあった。

「それより、こっちはあいつの動きをなんとか止めないと……イフリア!」

アタルが声をかけると、イフリアも状況のまずさを感じ取って防御《ぼうぎょ》しながら一歩一歩前に進んで行く。

(俺も攻撃を……)

「おっと!」

アタルがライフルを覗《のぞ》き込んで攻撃をしようとすると、ちょうどカオスドラゴンのブレスが飛んできて、攻撃に集中できない。

イフリアもまだ距離があるため、次の手を打てずにいる。

「ふん、騒《さわ》ぐな」

いつの間にか移動していたラーギルがカオスドラゴンの額に左手を当てて、声をかける。

それは呼びかけというよりも、強引《ごういん》な命令であるかのように聞こえる。

『が、がが……ああ』

ラーギルはカオスドラゴンの額の宝石から力を吸収しており、血の気が引いていくことで冷静さを取り戻《もど》させていた。

吸い取った力は自身の回復にも使えるため、ラーギルの傷が少し癒《い》えた。

「眼に関してはなんとかなる。見えないのはしばらく不便かもしれないが、お前なら魔力《まりょく》感知で、ある程度のことは把握《はあく》できるはずだ」

ラーギルも先ほどまで怒り狂《くる》っていたが、今は落ち着きを取り戻して、カオスドラゴンに力があることを諭《さと》している。

『う、うむ、確かにな』

なだめるようにラーギルに諭されたカオスドラゴンは、感知に集中していく。

すると目の前にラーギルがいて、イフリアが近づいて来ていて、アタルがライフルを構えているのが気配と魔力から理解できた。

『これは、落ち着くと見えるものだな……』

「だが俺もお前も傷が深い。今は引くしかない」

ラーギルは落ち着いた口調で、努めて冷静に言う。

『し、しかし、ここまでされておめおめと！』

引き下がるというのか！　とカオスドラゴンが怒りをぶつける。

「お前の気持ちはわかる。だが、さすがに状況が悪い。俺たちも手札を用意せずに来てしまった。だから今度あいつらとやりあう時は、もっと戦力を用意してこよう」

だから、今はあせらずに引こうと、再度ラーギルが声をかける。

「………わかった。だが、最後にこれだけはさせてもらおうか。くら、えええええええええええええええええええ」

嫌々《いやいや》ながらも引くしかないのだと理解したカオスドラゴンはキャロとバルキアスの気配を追って、そちらにブレスを吐《は》いていく。

闇の魔力の影響《えいきょう》で自身の身体は黒く色づき、そのままブレスは村へと向かって行く。

「まずい！　キャロ、ブレスが行ってるぞ！」

「はいっ！」

返事をするキャロだったが、あまり良い状況とはいえなかった。

バルキアスとキャロはまだリリアのもとへ到着《とうちゃく》していない。

しかし、このままではブレスのほうが先に村に到達してしまう。

「こうなったら……」

『やろう！』

キャロの考えはきっと自分と同じだと思ったバルキアスが中身を聞かずに即答《そくとう》した。

「バル君……うんっ！」

バルキアスは足を止めると振り返って、ブレスに向かい合う。

「青龍《せいりゆう》さん、力を貸して下さいっ！」

『白虎《びやつこ》よ、僕《ぼく》に力を！』

二人は同時に四神の力を使う。

このままではリリアを助けるのは間に合わない。

もし間に合ったとしても、リアディスの遺体を運ぶだけの余裕《よゆう》はない。

そうなれば、ブレスによって跡形《あとかた》もなくなるか、闇に侵食《しんしよく》されるだろうことは想像に難《かた》くない。

だから、二人はブレスを防ぐことを選択《せんたく》する。

カオスドラゴンも魔力の練りこみが足らず、ダメージを受けている状態であるため、最高の状態のブレスとはいえない。

しかしながら、キャロたちも急遽《きゆうきよ》四神の力を発動したため、こちらも準備万端《ばんたん》とは言い難い。

それは、キャロたちも理解している。

このままでは力が足らない。

「私の中に眠る獣力《じゆうりよく》よ、どうか、今だけでも目覚めて下さい！」
キャロは自分自身の中にある、獣人としての根源たる力に呼びかける。
彼女《かのじよ》は、大昔の試練を乗り切った身体である。
だからこそ、もっと先の獣力を引き出せるのではないかと考えていた。
『僕は気高きフェンリル。お母さんのように、強い神獣になるんだ！』
バルキアスは自身が秘める神獣フェンリルとしての力を呼び起こそうとする。
まだまだバルキアスの歳《とし》は若く、神獣として母フェンリルほどの力はない。
このパーティの中でも圧倒的《あつとうてき》に若い。
だが、彼は多くの強敵と戦い、それらを見事に切り抜けてきた。
その中で、白虎の力をもらい受けることができた。
だから、次のステップに進みたい、進まなければならないと考えている。
自らの中に眠る力を信じて、そして今こそその力を使う時だと判断した二人。
そんな彼らのもとへとブレスが到着するまでわずか数秒。
この絶望的な刹那《せつな》に、二人は成長しなければならない。
『僕たちの力も貸すよ』
それはどこからか聞こえて来た弾《はず》むような優《やさ》しい声。

その声の主は妖精《ようせい》の国にいるはずの光の妖精王であるベルだった。

ベルをはじめとする妖精王たちはアタルたちに妖精王の加護を与《あた》えてくれた。

その力が二人に最後の一押《ひとお》しとなる力をくれる。

「これは……これならいけますっ！」

『かかってこーい！』

思わぬ最後の助力によって、力が二人の身体の中を満たしていく。

「っ――来ましたっ！」

キャロは自分の魂を感じ取り、そこにともに眠る最古の獣力をも感じ取り、それを身体に溢《あふ》れさせていく。

「はあああっ！」

キャロの身体は深紅《しんく》のオーラに包《つつ》み込まれる。

彼女の手足の先からぶわりとウサギのような青みがかった白いふわふわの毛が生え、野生が呼び起こされているのがわかる。

『うおおおお！』

体毛が逆立ち、全体に力が漲《みなぎ》っていく。

バルキアスの身体にもフェンリルの力が漲っていく。

離《はな》れている場所から彼を見れば、巨大《きょだい》なフェンリルがいるようにすら見える。

それだけ強力なオーラを身にまとっていた。

「くらええええっ！」

まずキャロが跳躍《ちょうやく》して、ブレスを切り裂いていく。

一振《ひとふ》り、二振り、三振り、四振りと、剣《けん》が振られればブレスは勢いがそがれ、半分以上が霧散《むさん》している。

『あとは任せてええええ！』

そんなキャロの後ろからバルキアスがブレスに向かって突《つ》っ込んでいく。

いつものような白虎の力による分身ではなく、力が一か所に集中し、バルキアスが巨大化しているように見える。

それはまるで彼の母親のような大きなサイズのフェンリルであるようだった。

それだけ強い神獣としても聖なるオーラをまとったバルキアスは、大きな口をあけてそのままブレスにくらいついていく。

『こんなものおおおおお！』

オーラのフェンリルが、ブレスに噛《か》みつきそのままバラバラにしていく。

物体ではないものを、これまた物体ではないオーラで破壊《はかい》していく様子は、これまでに見られなかった成長を感じさせた。

「ふう、なんとかなりましたっ！」

『まだまだいけるよー！』

キャロとバルキアスはブレスを防いでも、油断することなくラーギルとカオスドラゴンに向かって戦闘態勢《せんとうたいせい》をとっている。

「ふっ、よもやそこまでの成長をしているとは思わなかったな。それだけでもなかなかの収穫《しゅうかく》だったと思うことにしよう」

敵の戦力分析《ぶんせき》ができたことはラーギルにとって僥倖《ぎょうこう》であり、今回の件も完全な失敗とは思えなかった。

「強がりを言うな。もう、お前たちに勝ち目はないぞ」

この言葉にラーギルはニヤリと笑う。

「勝ち目はなくとも構わないさ、逃《に》げることができるなら十分だ」

そう言うのと同時に、巨大な影《かげ》が周囲を覆《おお》い始めた。

「どうやら迎《むか》えが来たようだ。また、相まみえるとしよう――ではな」

影の正体は南側から蒼鯨《そうげい》に向かって襲いかかってきていた黒鯨だった。

「待て、お前はなぜ魔《ま》核《かく》を集めている！　各地でなにをやっているんだ！」

ここに来るまで色々な場所でラーギルと遭遇《そうぐう》、敵対していた。

だからこそ、彼がなにを望んでなにを願っているのかを知りたかった。

「ふっ、答えてやるほど俺《おれ》は優しくはない。せいぜい頭を悩ませるといいさ」

カオスドラゴンは感知能力で黒鯨が回収にやってきたことを感じ取って、そのままラーギルを乗せて高く跳躍する。

黒鯨はほぼ真上にいたため、ラーギルはカオスドラゴンとともにそのまま退避《たいひ》する。

「お前、邪神を復活させるつもりか！」

ラーギルはアタルのこの言葉にピクリと反応して真剣な表情になる。

その小さな反応だけでも、彼が邪神復活をもくろんでいることは伝わってきた。

「――正解ではないが、不正解でもない、とだけ言っておこう」

そんな意味深なセリフを残して、ラーギルたちは黒鯨の背中に乗って旅立っていった。

「……また、意味ありそうな言葉を残していったもんだな」

そうは言ったものの、これ以上長期戦を行うにはアタルたちは疲弊《ひへい》しており、このタイミングで休憩《きゆうけい》を入れられるのはありがたかった。

「それより、リリアとリアディスのもとへ行かないと」

アタルの言葉に、全員が深く頷いて走り出す。

村に戻ると、アタルとイフリアはリアディスのもとへ、キャロとバルキアスはリリアのもとへと移動する。

「ふう、さすがに無茶《むちゃ》をさせたか……」

アタルがそう呟いた理由は、リアディスの身体が思った以上にボロボロになっていたためだった。

本来なら最初にダイアモンドドラゴンの力を使った時点で、身体は動かなくなっていたはずだった。

そこをアタルが弾丸を駆使《くし》して、無理やり戦える時間を引き延ばした。

これは身体に想像以上の負担をかけており、口や身体には血が流れ落ちた跡《あと》がべったりと残り、気合で戦っていた彼の手はボロボロになってしまっていた。

「悪かったな。娘《むすめ》のために最後まで全力を出せるようにって考えたんだが……」

アタルは謝罪をしながら、リアディスの身体にそっと手を触《ふ》れた。

『……そんなことはない、君のおかげで助かった。ありがとう』

確かに目の前のリアディスは亡《な》くなっているはずなのに、聞こえた声に驚《おどろ》いたアタルは慌《あわ》てて顔をあげる。

しかし、風が吹いているだけで、そこには誰《だれ》もいなかった。

『我にも聞こえた。確かにあの者の思いは我々に届いた』

イフリアは空を見上げながらそんな風にアタルに声をかける。

リアディスの身体に少しだけ残っていた彼の思念が、感謝の思いをアタルたちに伝えていた。

「そうか、でもあれが正しい選択だったなら、よかった……」

アタルもイフリアと同じように空を見上げた。

きっとリアディスの魂は満足して空に昇《のぼ》っていったのだろう、と思いながら見る空は最初に見た時のように穏《おだ》やかなものだった。

「とりあえず、リリアのほうに行くか」

『あぁ』

リリアが目覚めたら彼のところへ連れてこようと考えて、アタルたちも移動する。

「キャロ、どうだ？」

「はい、魔力、もしくは竜力《りゅうりょく》が欠乏《けつぼう》したため、気を失って寝《ね》ているのだと思いますっ。今、少しずつ私の魔力を流して回復させています」

キャロの手がぼんやりと光っており、そこからリリアの体内に魔力が流れ込《こ》んでいる。

量を調整して、身体に負担がなるべくかからないように微量《びりょう》におさえていた。

「そうか、ならじきに目が覚めるな。よかった」

彼女だけでも無事だったことにアタルは安堵《あんど》する。

そうして、彼女が回復するのをしばらく待つことになった。


数分経過したところで、南で黒鯨と戦っていた竜人たちが村へと戻ってくる。

「リアディス様！」

村の惨状《さんじょう》を見た彼らは、まずは村長であるリアディスの無事を確認しようと声をあげる。

すぐにリアディスが村の中央でボロボロになって死んでいることに気づくと、誰ともなく崩れ落ち、泣き始めることとなった。

嗚咽《おえつ》をもらす。涙《なみだ》を流す。悲鳴を上げる。ただ茫然《ぼうぜん》としている……。

彼らはそれぞれの反応を見せている。

全員がリアディスの死に対してショックを受けていた。

「愛されていたんだな……」

時に厳しく、時に優しく、長い時を生き、勇敢《ゆうかん》で強い彼に村のみんなが憧《あこが》れていた。

「そう、だね……」

まだ目を閉じていたが、リリアが意識を取り戻して、ポツリと呟いた。

「リリアさんっ！　あぁ、動かないで下さいっ。まだ辛《つら》いはずですから……ゆっくり休みましょう」

キャロも戦いの中で、リリアの活躍《かつやく》を見ていた。

だから、彼女がどれだけ辛い思いをしたか、どれだけ力を振り絞《しぼ》ったかをわかっている。

「ありがとう……それじゃ、もう少しだけ休ませてもらおうかな」

父が死んだことはもう彼女にもわかっていた。

だから、まだ、しばらく心を静かにさせていたかった。

「さて、それじゃ俺のほうで説明をしてくる。キャロは治療《ちりよう》を続けて、バルとイフリアは誰も近づけさせないようにしておけ」

「はいっ！」

『りょうっかい！』

『承知した』

彼女の休息を邪魔《じやま》させないように手を打ったアタルは悲しみにくれる竜人たちのもとへと近づいて行く。

いつの間にか、戦闘要員ではない村人たちも戻ってきており、リアディスの死を聞いてそれぞれがショックを受けているようだった。

「泣いているところ申し訳ないが、なにがあったのか説明させてもらってもいいか？」

ここを治める村長が亡《な》くなり、まだ心の整理がつかないところへとやってきた人族のアタル。

その存在は、彼らの怒りをぶつけるのに最適な相手だった。

「お前たちが来たからだ！」

「なぜ結界を解くだなどと提案した！」

「力があるくせに、なんで守ってくれなかった！」

「なぜ、ここまでボロボロにさせたんだ！」

「だから、人族ごときを受け入れるのは反対だったんだ！」

まるでアタルがリアディスをこんな風にした犯人であるかのように、全員が次々に罵声《ばせい》を浴びせていく。

そんな彼らの言葉をアタルはしばらく黙《だま》って聞くことにする。

大事な人が亡くなった衝撃《しょうげき》が強いため、こうでもしなければ心を保っていられないのだろうとわかっていたからだ。

しかし、いつまでもこのままでは話が始まらないため、数分経過したところでアタルがいよいよ言葉を発する。

「こうなった経緯《けいい》を話させてもらってもいいか？」

「うっ……」

すると、全員口を噤《つぐ》んで言葉を発せなくなる。

「申し訳ない。みんな混乱しているのをわかって黙っていてくれていたというのに……。よければ、話をきかせてもらってもいいか？」

それは、黒鯨が襲ってきた時の話し合いに参加していた重鎮《じゅうちん》の一人だった。

「あの時は名乗らなかったが、俺の名前はレイル。一応は副村長という立場にいたものだ。村人たちの非礼は詫《わ》びる。だから、リアディス様になにがあったのか、どうしてこうなったのか、それを聞かせてほしい」

そう言うとレイルは深々と頭を下げた。

「まあ、別に俺は謝《あやま》られなくても話すつもりだったから別にいいんだけどな……で、どこで話す？　ここで話せば全員に聞こえるだろうし、変な反応をするやつがいると話が止まるからどこか静かな……といっても、家がないのか……」

アタルは周囲を見回すが、村にあった建物はカオスドラゴンが暴れたことでボロボロになっており、建物の体《てい》をなしているものはほとんどなかった。

「これも申し訳ないが、ここで話してくれるか？　誰にも邪魔はさせないし、もしなにかを言う者がいたらすぐにここから退出させる。質問は俺だけがする――これでどうだ？」

レイルは少しでもアタルが話しやすいように条件を整えてくれる。

「構わない。これから、ここであったことを話すわけだが、聞きたくないやつは今のうちに離れてくれるか？　それと、話を聞いて自分を抑えられそうにないやつもだ」

先ほどレイルが条件を出してくれたので、それにのっかる形でアタルは村人たちに声をかけていく。

実際、心の弱い者や、怒りの導火線が短い者はこの場から離れていった。

彼らが完全に距離をとったところで、アタルはなにがあったのか、語り始めた。


黒鯨にこの蒼鯨を襲わせたのはラーギルという魔族《まぞく》。

そのお供として、カオスドラゴンという妖精の国に封印《ふういん》されていた宝石竜も来た。

カオスドラゴンの宝石竜としての力が、この島に宝石竜が封印されていることを感じ取らせていた。

黒鯨は陽動で村から竜人たちを引き離したが、アタルたちは早々に撃退《げきたい》して戻って来た。

アタルたちは四人でカオスドラゴンと戦った。

その間にリアディスがラーギルと戦ったが、七百年の時を生き続けてきた彼の身体は宝石竜の封印の負担もあって限界を迎えていた。

そこでアタルは身体を強化させて、少しだけ戦う時間を延長させてあげた。

なんとか戦ったが、やがてその延長時間も終わりを告げて、ラーギルに負けてしまった。

リアディスは胸に封印しているダイアモンドドラゴンの魔核を取り出して、それをリリアに託《たく》した。

彼女の力は強く、封印に足るだけの器を持っている。

そして、ダイアモンドドラゴンの力を取り込んだリリアは、ラーギルを撃退してカオスドラゴンの眼を槍で貫いた。

しかし、慣れない力を使ったことで気絶して、今はキャロが魔力を分けて治療をしている。

「――といったところが、あいつらが来てから今までの状況《じょうきょう》説明だ。さて、話は終わったわけだが……文句のあるやつはいるか？」

アタルは村人たちの顔を順番に見ていき、反応をうかがう。

「いや、そんなことは絶対に俺がさせない。今の話を聞いて、俺は君たちに感謝しているくらいだ」

レイルはリアディスが最後まで戦士として戦えたこと、そして娘であるリリアに力を残せたことに深い感謝の念を抱《いだ》いていた。

「そうだよ、みんなアタルたちになにかしたら許さないよ」

それはキャロに支えられてやってきたリリアの言葉だった。

「みんなすごく強かったし、みんながいなかったらお父さんも私もとっくに死んでいたと思う。多分ダイアモンドドラゴンの核《かく》も悪いやつらに取られていたはずだもん」

それは戦っていたリリアだからこそわかる、実感のこもった言葉である。

「そうか……なら、彼らを責める理由は一層なくなったな。いいか、誰もこのことで彼らを責めることは許さない！」

レイルの言葉は全員の胸に突き刺《さ》さる。

決して反抗《はんこう》は許さない、揺《ゆ》るがない態度に、村人たちは頷《うなず》いていく。

それからは、無事だったリリアに対して、村人たちからの質問攻《ぜ》めが始まった。


「さて、それでこの先はどうしたものか」

彼らが話しているのをよそに、アタルたちは今後の行き先について話し合う。

「どうしましょうねっ？」

ここにやってきた理由は宝石竜を探すことだった。

その力はリリアの身体に封印されたことで、アタルたちにこれ以上なにかできることはない。

『別の宝石竜を探すのが一つだろう。オニキス、アクアマリンは我々が倒した。ダイアモンドはあそこに……そして、カオスとも戦った。残りはエメラルド、ルビー、トパーズ、アメジストと……ロンズデーライトか』

イフリアは最後の宝石竜の名前を一応挙げる。

「そうだな……ただ、ここにはキャロの母親も、水の妖精王もいないから、次を探すにもアテがないというのが痛い」

そう言ってアタルは厳しい表情になる。

二人の力を借りるには再び妖精の国に行く必要があるが、ここの転移門を使ったからといって戻れるとは限らない。

『あのー、だったら遺跡《いせき》を見て回るのはどうかな？』

このバルキアスの言葉にアタルはハッとする。

「黒鯨の襲来《しゅうらい》。ラーギルとカオスドラゴンの登場。リアディスの死。ダイアモンドドラゴンの魔核の継承《けいしょう》。色々ありすぎて忘れていたが、確か映像でも世界各地に色々残しているって山本さんが話をしていたな……」

山本幸助、アタルよりもずっとずっと昔にこの世界に召喚《しょうかん》された大先輩《だいせんぱい》。

その彼はあの遺跡だけでなく、世界各地に後進のための情報を残しているとの話だった。

アタルたちがこの世界で回った場所はまだまだ限られたもので、それを探しながら世界中を旅していくのは、悪くない話だった。

「よし、それで行こう。ここからの俺たちの目標は、一つ目は宝石竜の協力を得ること。時には倒して魔核をラーギルよりも先に手に入れること。二つ目が、邪神《じゃしん》側に属する神と戦っていくこと。復活したてだったら本調子の時よりも倒しやすいだろうからな」

この二つは今までのアタルたちの旅の目的でもあった。

「それから、世界中に散らばる召喚された者たちの遺跡を巡《めぐ》ることだ」

今回も世界を渡《わた》ったものだけに反応する仕掛《しか》けを施《ほどこ》していた彼らが残したそれらを回ることで色々な情報を得ることができる。

「もしかしたら、米とか醤油《しょうゆ》とかの情報もあるかもな……」

アタルは思わずそんな期待を抱いてしまう。

石碑《せきひ》だけであればそんな考えはもたなかったが、映像で見た彼らは楽しそうにしていた。

それを見たからこそ、彼らならそういった食文化などに関しても情報を残している可能性があるような気がしていた。

「いいですね！　アタル様の世界のことを知る機会にもなりますし、私は大賛成ですっ」

次の目標が見えてきたことで、キャロは嬉《うれ》しそうに笑って頷く。

キャロは彼らの話があったからこそ、アタルが転生者であることを知ることができたと思っている。

そして彼らの世界――つまりアタルの故郷についても興味津々《きょうみしんしん》だった。

「ははっ、日本の話なら別に俺がしてもいいけどな……でも、昔のことを他の人の口から聞けるのは確かにちょっと楽しくていいかもな」

日本人の容姿で、日本人の言葉で、色々な話を聞けたときに、少し日本に戻ったかのような懐《なつ》かしさを感じていた。

だから、アタルは再度彼らの言葉を聞いてみたいとも思っていた。

『じゃあ、まずは青鯨の背中にある残りの遺跡だね！』

「あぁ」

こうして、アタルたちには新しい目的が増え、手始めにこの蒼鯨の背中にあって、まだ立ち寄っていない遺跡に向かうことに決める。

「あの、話しているところごめん。ちょっと私の話をみんなと一緒《いっしょ》に聞いてもらいたいんだけど……」

神妙《しんみょう》な面持《おもも》ちで話しかけてきたのはリリアだった。

彼女についてきたレイルをはじめとする数人の竜人も、同じように真剣《しんけん》な表情になっていた。

「ん？　あぁ、別に構わないが……その表情を見る限り、なかなか難しい話のようだな」

意を決して話しかけてきた雰囲気《ふんいき》のリリアは悩《なや》んでいるという様子だ。

それでいて、後ろに控《ひか》えたレイルはどこか覚悟《かくご》を決めているという風に見える。

さらに後ろにいる他の竜人たちは納得《なっとく》がいかないといったようである。

「それじゃ、話を聞かせてくれるか？」

アタルがそう言って促《うなが》すが、リリアは話しづらそうにもじもじしていた。

「えっと、あの……その」

「ん？　話したいことがあるんじゃないのか？」

まだ話が固まっていないなら、それからでもいいんじゃないかとアタルは首をひねる。

「はぁ……俺から話そう」

そう言って彼女の代理を申し出たのは、副村長のレイルだった。

「ちょっと、そんな勝手に！」

「じゃあ、さっさと話せ」

「う、ぐむむ……」

不満を口にしようとするが、すぐに切り返されてしまったため、リリアは唸《うな》ってしまう。

「とりあえず、リリアのなんらかの決断が大きな影響を及《およ》ぼすから、第三者である俺たちの意見も聞いてみたいってところなのはわかった」

このアタルの言葉にリリアは慌てて顔をあげる。

「な、なんで、わかって……」

「わかるだろ普通《ふつう》。でもって、それに対してレイルは背中を押《お》してやりたい。だけど、他のやつらはそんなことを許せるわけがないだろ！　って感じだな」

アタルの指摘《してき》は完全に的中しているらしく、レイルも竜人たちも口を大きく開いて呆気《あっけ》に取られている。

「いやさ、これくらいは簡単に予想がつくって。みんなの表情からそれくらいのことは簡単にわかるさ」

そう言われてしまって、全員が言葉を失う。

「で、リリアはどうしたいんだ？」

なにをしたいのかまではわからないが、彼女がなにかをするかしないか決断を迫《せま》られているということだけはわかっている。

「ふふっ、アタルはなんでもお見通しなんだね」

ここまで言い当てられるとおかしくなってしまい、リリアは笑いがこぼれ出る。

「なんでもではないけどな。実際のところ、リリアがなにに悩んでいるのか、なにをしたいと考えているのかまではわからんさ」

そう言ってアタルは肩《かた》を竦《すく》める。

「あの、ね……」

ここでリリアは自分が話を聞いてもらいたいと思えるようになっており、自分から話を始めていく。

「あのラーギルってやつ。お父さんを殺したこと、許せない。あいつが来なければ、まだお父さんは生きていられたはずだから……。だから仇《かたき》を討《う》ちたいし、あいつがやろうとしていることを止める義務が私にはあると思う！」

こんなことを言ったらアタルたちに馬鹿にされるかもしれない。

そんな恐怖心《きょうふしん》があったからこそ、言い淀《よど》んでいた。

しかし、アタルはそんなことは全てわかっているうえでしっかりと聞いてくれる。

短い間の付き合いだが、そんな人物だと思えるようになっていた。

「なるほどな。確かにラーギルがリアディスの死の原因だ。あいつを倒《たお》したいという気持ちはよくわかる――それはいいと思う」

憎《にく》しみはなにも生まないなどということを言うつもりはアタルにはなかった。

大切な家族を奪《うば》われた、その仇を討ちたいというのは当然のことである、と。

「じゃあ！」

賛成してくれるんだ！　と、リリアの表情がぱあっと明るくなる。

「だがそれにしても、あいつを止める義務はお前にはない――それは考え過ぎだ」

「えっ、でも……」

受け入れてくれたと思っていただけに、突き放《はな》すようなアタルの言葉に、リリアは驚いてしまう。

「ダイアモンドドラゴンの力を受け継《つ》いだのはリリアだ。だけど、それはラーギルを止めるために使う必要はない。それに、力を受け継いだことを理由にするんだったら、それこそ村に残って再建に努めなければならないだろうし、村長の娘として村をまとめる義務があるんじゃないのか？」

それを聞いた竜人たちは全員が揃《そろ》って頷いている。

リリアは、味方になってくれると思ったアタルから厳しい指摘が返ってきたことで、混乱し、視線を泳がせてしまう。

「はあ……俺が聞きたいのは、そんな表面の話じゃないんだよ。リリア、お前がなにを考えていて、本当になにをやりたいのか、その思いをぶちまけろってこと」

リリアはリアディスのもと、自由奔放《じゆうほんぽう》に生きてきたようではあるが、その実、村長の娘ということもあって色々と抑《おさ》えてもいた。

今も、色々と取り繕《つくろ》った理由を前面に出してみんなを説得しようとしているようにアタルには見えた。

「今のままじゃ、誰の心も動かせないぞ――リリア」

アタルは呼びかけると同時に、発破をかけるようにリリアの肩をバシッと音が出るくらい強く叩《たた》いた。

「……うんっ！」

元気に返事をすると、リリアはアタルたちにではなくレイルや村人たちに向かって言う。

「私は、あのラーギルってムカつくやつをぶっ飛ばしたい。お父さんの仇を討つの！　あと、アタルたちと一緒に旅をしたい！　この人たちと出会って、私はまだまだ知らないことばかりだってわかったから、世界を見てきたいの！」

この言葉にアタルとレイルはニヤリと笑う。

リリアはアタルたちに出会ってこの狭《せま》いコミュニティだけが世界ではないと知った。

ずっと閉鎖的《へいさてき》な蒼鯨の上での生活に疑問を持ちながら、村長の娘として特別な期待と重圧に耐《た》えてきた。

ただただ平和だと思って暮らしていたここも、世界の一部であり、なにがあるかわからないことも知った。

若い彼女が外の世界に興味を持つのは当たり前のことだった。

「い、いや、だがな、彼《かれ》らにも都合というものがあるだろうし、お前がついていったら迷惑《めいわく》なんじゃないのか？」

竜人の一人がアタルたちの都合という切り口で、なんとかリリアを引き止めようと話をする。

「ん？　俺は別に構わないぞ」

「えっ⁉」

まさかの回答に驚いてしまう。

リリアのようなお転婆娘《てんばむすめ》を連れて行きたいなどとは思わないと言われるのを想定していたため、このような返事はありえないことだった。

「いや、俺たちはこれから色々な遺跡を巡ろうと思っている。それの入場に、竜人族の協力が必要っていうのがあったとしたら、リリアがついて来てくれるのはありがたいことだからな」

「む、むむ、確かに」

もっともな理由を突きつけられたため、竜人は納得してしまう。

「それに、リリアは強いから、戦力としても期待している」

ブレスを吹《ふ》き飛ばしてカオスドラゴンの眼を突き刺した投擲《とうてき》は見事なものであり、あれだけの力を使えるのは仲間にするには頼《たの》もしかった。

「はい、リリアさんはとっても強いですっ！」

キャロもそれには同意見で、アタルの言葉を後押《あとお》しする。

「し、しかしだな……」

それでも、なんとかリリアに旅立ちを諦《あきら》めさせようと、竜人たちが言葉を重ねてくる。

「待て。それ以上なにかを言うのは恥《はじ》の上塗《うわぬ》りというものだ」

ここでレイルが彼らの発言を止める側に回る。

「今までみんなはリリアのことを村長の娘に相応《ふさわ》しくない、村にいてほしくないとまで言っていたはずだ。それなのに、ダイアモンドドラゴンの力を受け継いだから、村長が亡くなったから、残って村を治めてくれというのは都合がよすぎるんじゃないのか？」

「「「……」」」

これにはさすがに全員心当たりがあるようで、黙り込んでしまった。

「あと、俺はリアディス様から言づけを預かっている。もしも自分の身になにかあった時にみんなに話してほしいとな」

そう言うと、レイルは手紙を懐《ふところ》から取り出した。

そんなものがあったのか、と全員がかたずをのんで、レイルの言葉に注目する。

『この手紙は私が死んだ時に読むようにレイルに頼んでいるものだ。私は長いこと村長を続け過ぎたことを反省している。本来なら早々に次の誰かに渡すべきだったのだが、私には長いこと子がいなかった。今は、待望の子であるリリアが生まれてくれた。あの子にはまだまだ話していないことが多いからか覚悟がなく、子どもから抜《ぬ》け出せないところがある。だが、あの子は私以上の才能を秘《ひ》めている。だから、私のダイアモンドドラゴンの力を受け継ぐのはあの子しかいないと考えているのだ。だからといって、自由を愛するあの子に村長になってほしいとは思っていない。もし、あの子にやりたいことが見つかっているなら、その道を歩んでほしいと思っている。その時に、このダイアモンドドラゴンの力はきっと役に立つはずだ。この手紙にはほとんど私の我《わ》が侭《まま》が記されている。反対する者もいるだろうが、長年村長を務めた私の顔に免《めん》じて納得してもらいたい……』

「だそうだ。みな、理解してくれるな？」

読み終わったレイルは手紙を再び折りたたんで懐にしまう。

「う、うぅ、お父さん……」

手紙のほとんどがリリアのことで埋《う》め尽《つ》くされており、彼女《かのじょ》は自分が愛されていたことを改めて実感して涙をポロポロとこぼしていた。

これまでリリアの旅立ちに反対していた村人たちも、涙を浮《う》かべてリアディスのことを思っていた。

「村に関しては、当面の間は副村長の俺が村長代理として治めるつもりだ。以降は、話し合いで相応しい者を選出していけばいい。そして、リリアには、好きに旅立ってもらいたいと思っている」

彼もリアディスと同じ考えを持っており、彼女の自由にさせてあげたかった。

「俺はこの村がいい状況にあるとは思っていない。世界は広い。何百年も蒼鯨の上で過ごしているためにここしか知らない者も多い。そのせいで俺たちが知らないことは山のようにあるはずだ。だから、世界を知るための第一歩として、リリアには世界を見てきてもらおう」

リアディスに手紙で願われ、副村長のレイルにもこう言われてしまっては、これ以上文句を口にする者はいなかった。

「というわけなので、アタル殿《どの》。リリアのことを頼みます」

そう言ってレイルが頭を下げると、竜人たちもそれに倣《なら》うように頭を下げていく。

「よ、よろしくお願いしますっ！」

もちろんリリアも焦《あせ》ったように頭を下げ、挨拶《あいさつ》を忘れない。

「あぁ、これで俺たちのパーティに新メンバー加入だな」

ゲーム好きなアタルの頭の中では、ファンファーレが鳴り、〝リリアが仲間に加わった〟というテロップが浮かんでいた。

「リリアさん、ようこそですっ！」

『ガウ！』

『ピー』

キャロ、バルキアス、イフリアも順番に歓迎《かんげい》の言葉を彼女にかけていく。

こうして、新たな仲間の加わったアタルたちは次の舞台《ぶたい》に進んで行く――。

あとがき

『魔眼と弾丸を使って異世界をぶち抜く！　12巻』を手に取り、お読み頂き、誠にありがとうございます。

今回は舞台が空に移りました。

そして新しい仲間も増えましたので、その活躍も楽しんでいただければと思います。

こちらも毎度毎度書いていることですが、今回も帯裏に十三巻発売の予定が——書いてある！　といいなあ……と思いながらあとがきを書いています。

最後に、今巻でも素晴らしいイラストを描いて頂いた赤井てらさんにはとても感謝しています。

その他、編集・出版・流通・販売に関わって頂いた多くの関係者のみなさん、またお読みいただいた皆さまにも感謝を再度述べつつ、あとがきにさせていただきます。

コミカライズも連載中の
スナイパー英雄譚！
著／かたなかじ
イラスト／赤井てら
漫画：瀬菜モナコ
原作：かたなかじ
キャラクター原案：赤井てら
発売予定!!

魔眼と弾丸を使って
異世界をぶち抜く!
第13巻 2022年春

HJ NOVELS
HJN31-12

魔眼と弾丸を使って異世界をぶち抜く！ 12

2021年11月19日 初版発行

著者――かたなかじ

発行者―松下大介
発行所―株式会社ホビージャパン
〒151-0053
東京都渋谷区代々木2-15-8
電話 03(5304)7604（編集）
03(5304)9112（営業）

印刷所――大日本印刷株式会社

装丁――木村デザイン・ラボ／株式会社エストール

Printed in Japan

ISBN978-4-7986-2670-3 C0076

ファンレター、作品のご感想お待ちしております
〒151－0053 東京都渋谷区代々木2－15－8
(株)ホビージャパン HJノベルス編集部 気付
かたなかじ 先生／赤井てら 先生